Primera edición: junio 2024
ISBN: 9798326299253
Autor: Valentina Coss
Portada: Annie Natera (@annn_dsgn)
Corrección y maquetación: Ana Torres y Daniela Paniagua
Edición: Mónobo Editorial
© Queda prohibida la reproducción total o parcial no autorizada de este material, su distribución o cualquier acción no autorizada previamente que de cualquier manera vulnere los derechos de Mónobo Editorial o de la obra y su respectivo autor.
Mónobo Editorial
www.monoboeditorial.com.mx

monobo.editorial@gmail.com

El primero en tus recuerdos

Valentina Coss

MÓNOBO
EDITORIAL

El primero en tus recuerdos

Valentina Coss

"El amor será el primero de tus recuerdos"

*Este libro es para mis padres
y padres como los míos.
Padres que siempre están ahí,
en las buenas y las malas,
contra todo el mundo y contra ellos mismos
porque el amor incondicional
fue más que solo pensamientos.
Gracias por todo.*

Un vampiro en la ciudad

El mundo exterior era ruidoso y aterrador; a Destan no le gustaba en absoluto.

No era la mejor primera impresión, pero todavía se encontraba de pie en el vestíbulo, observando a través de los ventanales y la extensa puerta del edificio. Ya se sentía abrumado por el chirrido de las llantas de los automóviles conducir apresuradamente hacia sus destinos y por la gente vagando entre escandalosas risas y misteriosas conversaciones. Se daba cuenta de que no había mucho ahí afuera que le llamará la atención y, aunque el recorrido de escaleras desde el último piso del edificio hasta el vestíbulo había sido bastante tedioso, ansiaba recorrerlas a toda velocidad para volver a casa.

Un hombre uniformado de mediana estatura y expresión seria abandonó el mostrador junto a la puerta y le observó con ojos curiosos mientras se acercaba con cuidado.

—Joven Phoenix, ¿está usted bien?

El rostro de Destan se contorsionó al escuchar el apellido del doctor Phoenix, su mentor y cuidador, *por decirlo de manera amable.* Destan no era su hijo, no tenía ningún parentesco con él, pero el sujeto uniformado junto a la puerta lo había llamado así, como si Destan y el doctor tuvieran un parentesco. No tenía ni la menor idea de cómo aquel señor conocía de su existencia o por qué tenía que asumir cosas así, pero tal vez era mejor no negarlo.

—Buen día, sí —dijo Destan, sin saber qué más decirle al hombre, pero lucía servicial y dispuesto a apoyarlo en caso de cualquier inconveniente, por lo que se arriesgó a preguntar—: ¿Sabe usted cómo llegar a la panadería?

—Es la tienda en la esquina —le indicó el hombre—. Solo camine derecho hacía el parque y entonces la verá. ¿Necesita algo en particular, joven Phoenix?

Ahí estaba otra vez, el apellido del doctor siendo usado en él. Era raro, Destan no tenía un apellido, a duras penas tenía un nombre.

—Creo que puedo manejarlo —dijo Destan, tratando de convencerse a sí mismo de que así era—. Disculpe, no lo conozco, ¿me puede decir su nombre?

Tal vez era algo que debía recordar después.

—Oh... —El hombre hizo una mueca nerviosa—. Mi nombre es Rogelio Vargas, a su servicio. Soy el portero del edificio. Había oído hablar de usted gracias al señor Phoenix, pero no había tenido el gusto. Cualquier cosa, estoy a sus órdenes.

La gente era extraña. Destan había estado suponiendo que el doctor Phoenix era raro, pero este hombre era simplemente inexplicable. Tal vez Destan era el raro e inexplicable.

—Gracias —murmuró Destan—. Igualmente, supongo.

Estaba más que claro que Destan no debería salir a la calle así, al menos no teniendo intercambios sociales tan incómodos con la gente, sin embargo, el doctor le había hecho una petición sencilla y esa no era interactuar con la gente, así que se obligó a sí mismo a dirigirse a la entrada del edificio en vez de correr directo a las escaleras. Por primera vez en su vida, Destan salió de su lugar de residencia, si así podía llamarse para él aquel edificio donde había estado viviendo. Ahora podía ver que «El Centenario» era mucho más grande de lo que se había imaginado al observar desde la terraza del último piso. «El Centenario» era el más grande entre todos los edificios adoquinados colindantes, sus ventanales eran más altos, menos opacos y el cemento entre los ladrillos de la construcción estaba más limpio.

Había estado ahí durante toda su existencia y, aun así, nada de eso le parecía familiar. Sin embargo, tampoco se sentía del todo extraño.

La calle había dejado de ser un cuadro en la pared, dejándolo respirar, cosa que le resultó desconcertante ya que el doctor Phoenix le había asegurado que sus pulmones no tenían utilidad alguna, al igual que la mayoría de sus órganos internos y acciones como dormir o comer... bueno, nada de comida tradicional, en realidad. Si bien lo pensaba, salir del edificio tampoco era una necesidad.

Como antes se había mencionado, el doctor Phoenix era un sujeto extraño. Los títulos en las paredes y los centenares de libros decían que era un genio, pero para Destan seguía siendo un sujeto extraño; lo fue desde el momento en que dijo su veredicto por primera vez y lo continuó diciendo en adelante sin siquiera vacilar: Destan era un vampiro.

¿Tenía lógica alguna? No sabría decirlo, él no recordaba absolutamente nada excepto despertar en un pequeño cuarto con ventanas cubiertas por largos tablones de madera y amarrado a una pequeña camilla de metal con cuerdas que lo hacían sangrar. Se sentía hambriento y furioso, su estómago rugía, sus muñecas quemaban por el esfuerzo en liberarse y sus pensamientos hambrientos lo hacían sentir desquiciado.

Apenas y pudo discernir a la persona frente a él: un hombre de piel negra, complexión media, cabello blanco, ojos azules cubiertos por unos enormes lentes de pasta gruesa y una cara arrugada. Esta persona, que más tarde reconocería como el doctor Phoenix, lo obligó a beber una jarra con un líquido oscuro y espeso que olía extrañamente amargo, sabía a metal agridulce y consiguió apagar todos los pensamientos terribles que antes revoloteaban en su cabeza.

Por un momento, se había planteado clavar los dientes en el cuello del hombre, desgarrar su piel y alimentarse. Una vez estuvo satisfecho, no consiguió asimilarlo. ¿De verdad se había planteado hacer eso? Sus entrañas se revolvieron al reconocer la certeza: en cualquier otro momento lo habría hecho y lo único que le impidió hacer algo terrible fueron las ataduras.

El anciano se sentó en una silla a los pies del catre y limpió sus gafas, que yacían empañadas a causa del breve forcejeo al obligar a Destan a beber. Las palabras que brotaron de sus propios labios se sintieron rasposas, un cosquilleo que se extendía desde su garganta hasta su paladar, como si nunca antes hubiera hablado.

—¿Qué era eso que bebí?

—Sangre de venado —le contestó el anciano, su voz era suave y cuidadosa, las palabras bailaban en su lengua con elegancia—. Con algunas proteínas que conseguí equilibrar para ti mientras dormías. Si se te revuelve el estómago o sientes arcadas, avísame.

Posteriormente se presentó como el doctor Phoenix y también dio su ridículo veredicto: Destan era un vampiro.

Las carcajadas de Destan salieron gruesas y le proporcionaron algo de tos. No recordaba nada, era un completo desconocido para sí mismo, al grado de desconocer su nombre, su edad o el color de sus ojos, pero sabía de alguna manera que la palabra vampiro le parecía estúpida y algo aterradora. Eso sí le revolvió el estómago y deseó poder vomitar en ese instante para corroborar que no estaba en un extraño sueño.

El doctor Phoenix no compartió su risa. No era mentira, no era un sueño extraño.

—¿Qué conlleva ser... *esto*? —se arriesgó a preguntar al sentir el silencio asfixiándolo.

Aunque no podía resultar asfixiado, él no podía morir porque ya estaba muerto.

—Hay mitos, estudios, sobre lo que conlleva ser un vampiro, pero realmente no lo sé. Jamás había conocido a alguien con tu condición —confesó el doctor, hundiéndose de hombros.

Más tarde le contó sobre la colega que estuvo investigando aquella mansión abandonada donde Destan había sido encontrado. No sabían cuánto tiempo había estado ahí, encadenado en el sótano; su ropa y la suciedad tenían mucho que decir, había sangre seca de sus muñecas donde los grilletes lo sujetaban, su rostro era gris y la piel en general parecía podrida.

—No creo que te hubiera gustado verte así —comentó el anciano—. Lo primero que debías ver era un muchacho sano y limpio, por eso me tomé la atribución de limpiarte.

La primera vez que se vio las manos se dio cuenta que no existían cicatrices en sus muñecas, pero la primera vez que se vio en un espejo se dio cuenta de que sí tenía pequeñas cicatrices en el rostro, además de grandes y largas cicatrices en el torso.

—Probablemente son de otra vida —le dijo el anciano.

Haciendo un análisis más profundo de sí mismo, Destan cayó en cuenta de que era un sujeto pequeño de grandes ojos grises como el metal, tenía la piel pálida y descolorida, labios oscurecidos, cabello negro y delgado, brazos delgados, hombros hundidos. Casi parecía un niño, aunque el doctor estimaba que estaba en sus veintes o estaba por cumplirlos cuando murió. La muerte le regaló una horrorosa sonrisa de dientes afilados y puntiagudos.

No era nada agradable para la vista.

Al principio estaba confundido por las consideraciones del hombre, pero este no tardó en explicar que buscaba usarlo como objeto de estudio y, a cambio, Destan jamás sería un prisionero. No explícitamente. El doctor jamás habló sobre qué pasaría si buscaba irse. Nadie en su sano juicio lo dejaría ir, no sabiendo lo que era o lo que pensaba cuando estaba hambriento.

Lo primero que realmente supo sobre sí mismo era que quería sobrevivir.

Gustosamente, se volvió su prisionero.

Ridículamente, se sintió un poco más humano cuando se dieron cuenta que la luz del día solo era luz del día pues Destan no se iba a incinerar al ser descubierto por el sol y así pudo ver un poco el exterior, ver los días pasar interminablemente desde un punto cómodo y seguro, donde nadie podría hacerle daño y, lo más importante: él no podría hacerle daño a nadie.

Jamás pidió salir, un montón de excusas rondaban en su cabeza todo el tiempo, convenciendo que estaba mejor en su pequeña jaula de oro y al doctor le resultó conveniente. No tenía mucho sentido que los objetos de estudio estuvieran vagando por la ciudad, los monstruos no tienden a salir de debajo de la cama.

El doctor hacía más sencilla su estancia. Le cedió una habitación más que decente, incluso estaba amueblada y los cajones llenos de ropa de su talla. Procuró alimentarlo con constancia con lo que sabía que era sangre de animal y proteínas que el doctor se pasaba equilibrando en su pequeño laboratorio casero como si de un pasatiempo se tratase. Invirtió horas en su educación además de su constante estudio, más tarde incluso le regaló un nombre.

A menudo se preguntaba si el doctor Phoenix podría definirse como un padre y si existía la posibilidad de que existiera algo de cariño de su parte, hasta que llegaba la hora de pasar días acostado en un catre metálico en el pequeño laboratorio del profesor siendo observado y entendía que solo era una rata de laboratorio con algunas comodidades.

Pasó meses (tal vez algunos años) sin noción, sin recuerdos. No creció, ni llegó a envejecer. Con él, solo quedaba el aprendizaje que el doctor, cada vez más viejo, decidía compartir con él. El doctor Phoenix estaba cada vez más arrugado y su columna se negaba a cooperar, lo obligaba a encorvarse, sus ojos azules parecían diluirse con agua y sus rodillas se ponían de lado de su columna, orillando al anciano a caminar cada día menos.

Eventualmente dejó de salir y Destan lo apoyó cortando su cabello pulcramente, buscando curiosidades entre cajas que pudieran reemplazar lo que se podía necesitar.

Sabía que un día el cuerpo del doctor dejaría de funcionar. Se preguntaba qué haría al respecto. ¿Saldría de su residencia? ¿Se quedaría en el departamento que el doctor había elegido compartir con él? ¿Qué pasaría con el hambre? ¿Podría encadenarse en el laboratorio por cuenta propia? No imaginaba un mundo sin el doctor Phoenix o un mundo en el que tuviera que salir y comer gente. Aunque suponía que lo había hecho antes.

A lo mejor podía seguir al anciano, ¿podría morir dos veces?

Esa mañana se dio cuenta que podría perderlo en cualquier momento. Los días comenzaban con aseo personal, terminaban poco después de la cena y luego Destan pasaba horas leyendo en silencio mientras el doctor dormía. Luego del aseo, seguía el desayuno en la cocina puesto que el comedor era demasiado grande para dos personas y después seguía la educación de Destan, siempre siendo observado y analizado por el doctor hasta que llegaba la hora de la cena en la cual el doctor a veces se obligaba a salir a comprar la despensa, trayendo siempre pan consigo.

El doctor Phoenix no era de los que perdían el tiempo comiendo, ni era aficionado a los dulces, pero siempre quería pan. Especialmente aquellas bolas espolvoreadas y rellenas con mantequilla, o a veces mermelada, que alguna vez trató de compartir con Destan y que le dejó un sabor nauseabundo y agrio en el paladar.

—Tal vez es porque estoy muerto —sugirió Destan.

El doctor lo meditó y no lo contradijo, pues en su momento había sido una hipótesis y si consiguió descartar o confirmar algo después, jamás le dijo nada a Destan.

Esa mañana, el doctor estaba tan agotado que rompió la rutina y consiguió preocupar a Destan. Algo desagradablemente humano, si se lo preguntaban. A menudo se preguntaba si él tenía derecho a estar preocupado, siendo solo «la rata de laboratorio», pero lo hacía, se preocupaba, y mucho. Asistió a los aposentos del doctor después de desayunar solo en la cocina. El anciano se encontraba acostado en su cama con dosel, observando a la nada con ojos casi traslúcidos que pronto terminaron posados en Destan y lo hicieron sentir como un niño pequeño parado en el umbral de una habitación a la que jamás se había atrevido a entrar por completo por lo personal que se sentía.

—Hoy no tengo mucha energía —confesó con una débil sonrisa.

Destan asintió en silencio.

Podría perderlo en cualquier momento, asumiendo que una parte del anciano pudiera siquiera pertenecer a Destan. Los resfriados más incómodos y las fiebres más conflictivas jamás le habían impedido cumplir con su rutina día tras día, a veces cedía a sus rodillas adoloridas y no salía por la despensa o por su pan, pero siempre mantenía su enérgica mente maquinando, centrada en el aprendizaje y estudio de Destan.

—¿Podrías hacerme un favor, Destan? —preguntó el anciano, su voz se encontraba todavía más suave de lo usual.

Destan volvió a asentir, esta vez efusivamente, algo que no supo controlar. Solo sabía que quería apoyar al anciano y ser de utilidad.

—¿Podrías traer pan?

—¿Qué? —Parpadeó perplejo ante la petición.

Solo había un lugar seguro para Destan: los muros que el doctor Phoenix le prestó. Afuera no había nada, nadie que no pudiera sentirse aterrado por su sonrisa o su deslavada piel y no había nadie de quien él no estuviera aterrado también.

—No creo que sea seguro salir —murmuró avergonzado.

—No hay hombres con hogueras preparadas para ti allá afuera, Destan.

—No es eso lo que me preocupa...

—¿Qué es lo que te preocupa entonces?

—¿No le preocupa a usted dejar a un monstruo en las calles sólo porque quiere pan?

Las carcajadas del doctor no eran suaves, eran gruesas, siempre lo habían sido; no eran rasposas y él no tosía después de reír, por lo que, cuando lo observó hacerlo esa mañana por primera vez la preocupación incrementó. Era frágil. No quería que fuera frágil, no él. Deseaba poder ser así de frágil. No era lo suficientemente humano como para romperse.

—En este piso hay dos residentes, todo el mundo lo sabe —comentó el doctor—. Ambos son humanos. Con apariencias opuestas, humanos al fin.

—Usted sabe que no...

—La enfermedad no te convierte en animal.

No lo creía. Era demasiado diferente para ser realmente un humano.

Lo único que sabía era que le daba demasiada vergüenza no cumplir con la única petición del doctor, la que era una petición de un humano enfermo a un monstruo con complejo de hijo. Se resignó. Pasó de ser un monstruo en cautiverio a un vampiro caminando en una pequeña ciudad de calles adoquinadas y altos edificios. Al final de la calle estaría un pequeño muro protegiendo un extenso parque de altos y enormes árboles, con arcos adintelados a cada pocos metros. A su lado, debía estar la pequeña panadería.

Trató de ocultar su curiosidad por los transeúntes a su alrededor. Ellos no mostraban la misma curiosidad por él, después de todo. Para él, era imposible no mirar a las mujeres con sombrilla, las ancianas con bolsas con despensa o a los niños corriendo con las correas de sus cinturones medio desabrochados por la adrenalina de jugar en la calle y evadir la repentina y eventual presencia de los automóviles transitando a su alrededor.

¿Él habría hecho lo mismo cuando era niño? ¿Su madre era una mujer con sombrilla y se convirtió en una anciana ocupada? No era tan malo no recordar, no sentía nostalgia, al menos no se identificaba con otra emoción ridículamente humana además de la curiosidad con la que observaba el mundo exterior y el mundo exterior lo ignoraba a él.

Nadie miraba al vampiro en la ciudad.

Hasta que entró en la pequeña panadería y una pequeña campanita anunció su entrada. No tardó en obtener unos ojos oscuros encima de él y ser visto por primera vez por alguien que le regaló una bella y amigable sonrisa. Una sonrisa que Destan decidió atesorar al sentir extrañamente que había llegado al lugar correcto.

¿Cómo es que había pasado tanto tiempo recluso en aquel edificio?

El hombre que no era nada

Para André Phoenix no hubo nada más importante que él por lo que fueron al menos tres cuartas partes de su vida. Pasó su adolescencia escuchando cuán resuelta tenía su vida, observando a sus padres vestir con elegancia y sonreír con falsedad a una sociedad que susurraba sobre ellos mientras trataban de sacarles dinero.

Sus padres terminaron siendo nada. Todos sus estúpidos adornos y fotografías fueron colocadas en cajas que pronto fueron abandonadas en la habitación al fondo del departamento que le heredaron ciegamente a André, que más tarde sería reconocido por los vecinos como el doctor Phoenix, el solitario científico que vivía en el último y más lujoso departamento de «El Centenario». Un lugar cuyas paredes serian decoradas con montones de títulos y diplomas, cuya mesa vacía sería dispuesta únicamente para él y los invitados que le fueran de conveniencia para no morir de la misma manera en la que murieron sus padres: siendo nadie.

La oportunidad de evitar tal patético destino llegó con tanta apacibilidad que, por un momento, se planteó seriamente no ser nadie, excepto para aquel muchacho sujetado entre las ataduras de la camilla de metal a la cual lo habían sujetado con la intención de prevenir el tener al niño ahí. Se veía que estaba al comienzo de sus veintes, pero se notaba que seguía siendo un niño y no le veía mucho sentido cuidarse de él.

Rápidamente se dio cuenta de que había que cuidarlo a él, no cuidarse de él. Era irónico y ridículo. Eran ellos (André y algunos de sus colegas más cercanos), los que poseían batas de laboratorio y observaban con una curiosidad morbosa el delgado y pálido cuerpo del niño, lo que significaba que ellos eran los depredadores, por más viejos y desgastados que fueran.

No fue difícil convencerlos de que él era la mejor opción para el estudio del niño. Ellos tenían familias, estaban estancados en el retiro y siendo inútiles títeres de nietos de entre seis y doce años que desconocían lo sencillo que sería para sus abuelos analizar detalladamente a un muchacho semidesnudo solo por poseer una enfermedad de la cual poco sabían.

Prometió mantenerlos al tanto, llevó al chico inconsciente a «El Centenario» y lo limpió mientras analizaba detenidamente cómo iba a alimentarlo. Una parte de él se convenció de que solo quería tener a su objeto de estudio con la salud necesaria para poder proceder con los análisis que tuviera que hacer sin ningún imprevisto. La parte más sarcástica de él le recordaba al oído lo mucho que le emocionaba darle una vida sencilla a alguien.

Sus propios padres no eran perfectos. Su madre no podría decir cuántas veces André se escapó del piso para sumergirse en conferencias de experimentos ilegales en la zona sur de la ciudad y su padre no tendría el gusto de saber acerca del número de eventos a los cuales asistió completamente drogado por algún compuesto químico con el que estuvo jugando en el sótano del edificio. Sin embargo, nunca le faltó nada.

No tuvo que esforzarse por tener un techo encima de él, jamás pasó hambre y pese a que nunca lo había necesitado, sus padres siempre le habían protegido. Si la vida debía ser así de sencilla, quería que el joven enfermo cuyas pequeñas cicatrices se extendían a lo largo de su pálido cuerpo, tuviera la misma vida sencilla y resuelta. Fuera o no únicamente su objeto de estudio. Por el mismo motivo, le dio todo lo que siempre le dieron cuando él era un niño, empezando por un nombre. Poder llamarlo Destan hizo toda una diferencia; pudo verlo como un residente en vez de un constante objeto de estudio al cuál examinar.

No tardó en comprender que no había forma de que Destan viviera más que él a menos que le enseñara a hacerlo. La idea de dejarlo en un mundo que no comprendería y probablemente jamás sería capaz de entender le causó el terror que le había faltado sentir durante toda su vida, así que decidió que le enseñaría cuanto pudiera. Estaba seguro de que Destan encontraría un lugar al cuál pertenecer si él comenzaba por regalarle un espacio, el departamento o lo dejaba como su heredero absoluto, tal cual sus padres lo hicieran con él.

El universo (si lo querían llamar Dios, él no diría nada por escéptico que fuera) debió notar la terquedad de André, porque solía ser un hombre necio que se negaba a morir siendo nadie tal como sus padres lo fueron, como los padres de sus padres o los que estuvieron antes, a quienes André ni siquiera había conocido u oído hablar de ellos. Sin embargo, después de sentir a Destan parte de sí mismo, el universo no lo dejó levantarse de la cama.

Su turno había acabado, el mundo exterior le pertenecía a Destan por mucho que el pobre muchacho creyera que podía resguardarse. El doctor Phoenix jamás podría presionarlo para hacer algo que no quisiera, pero en el momento en el que fue incapaz de levantarse porque sus rodillas no daban para más y Destan apareció en el umbral de su habitación con el rostro lleno de preocupación, supo que el momento había llegado.

Tenía que dejar volar a Destan, darle un empujón incluso. No poder levantarse de la cama era una advertencia del universo y no concebía la idea de dejar a Destan solo y aterrado. Una pequeña petición le demostró lo dispuesto que estaba Destan a apoyarlo; también reflejó el miedo que tenía de salir a un mundo del cual había estado escondiéndose.

—No hay hombres con hogueras preparadas para ti allá afuera, Destan —le consoló André con voz suave.

Lo que Destan no sabía era que habría hecho el mundo arder si eso le regalaba algo de seguridad a Destan. No habría fuerza externa que pudiera evitar que se levantará de la cama si llegaba a saber que alguien no respetaba a su muchacho. Lo demostraría si fuera necesario.

—¿No le preocupa a usted dejar a un monstruo en las calles solo porque quiere pan? —le preguntó Destan con vacilación, rompiendo su corazón en mil pedazos, como nadie jamás lo había roto.

—La enfermedad no te convierte en animal.

Destan aceptó esa respuesta. Después de observar al muchacho alejarse del umbral de la puerta con la vacilación notándose en su agotada forma de caminar y sus hombros caídos, André no hizo más que pensar continuamente en cuál habría sido la respuesta más apropiada a las palabras de Destan.

Por más que lo pensó, sofocado por la preocupación de Destan estando afuera, lejos de él, no encontró las palabras adecuadas. Destan no era un monstruo, *Destan era su hijo*. El pensamiento resultó aterrador, pero lo hizo reír a carcajadas en cuanto lo escuchó regresar de la panadería porque su hijo lo había logrado. El terror se alejó con el regreso de Destan, que había superado cada obstáculo de lo que veía como uno de sus peores miedos, sin él. Eso le hizo saber que cuando llegara el momento de partir, Destan lo haría bien sin él. Destan era un sobreviviente e iba a sobrevivir sin André.

André Phoenix desconocía lo que era existir únicamente para un par de ojos amorosos, llenos de miedo, carisma y esperanza. Sin embargo, y viendo en retroceso, se planteaba una constante hipótesis en su cabeza: si el padre es un guardián, ¿cuál es su labor si no es tratar de solucionar todas las posibles y futuras penas de un hijo? Lo más valioso en Destan era su corazón, entonces, protegería su corazón. Valdría la pena no ser nadie para la sociedad si era alguien para la única persona que significaba el mundo para él.

Estaba feliz con el hombre que no era ni sería si eso cuidaba a su hijo, porque, con toda honestidad, sabía que Destan lo sería todo.

Los panes en la tienda de la esquina

La panadería en la tienda de la esquina tenía un ligero olor a lavanda. No es que los panes olieran también a lavanda, solo era la tienda. Sus paredes blancas, un poco deslavadas por los años, olían a lavanda, las flores olían a lavanda, los mostradores olían a lavanda, *todo* olía a lavanda, robando la atención de los panes.

El doctor Phoenix amaba esa panadería, pero no hablaba del olor y lo fascinante que era juntarlo con ese extraño olor en el pan. Sin embargo, para Destan lo fascinante eran los radiantes ojos oscuros que yacían posados sobre él y la bella sonrisa que resplandecía continuamente en el muchacho detrás del mostrador con la caja registradora.

—Llegas justo a tiempo —dijo el muchacho como si lo conociera, aunque mirándolo detenidamente—. El pan de ajonjolí salió del horno hace cinco minutos y con diez minutos más, podrás llevar pan de centeno.

Entreabrió los labios por un segundo sin saber qué decir. Se apresuró a cerrar la boca al darse cuenta de que el muchacho podría ver sus espantosos dientes y entonces el doctor Phoenix habría resultado equivocado; le iban a perseguir con antorchas y lo llevarían a una hoguera y sería culpa del anciano y su pan.

—No eres de aquí, ¿verdad? —Destan no supo qué contestar—. Soy Gaspar, por cierto.

Debió de pasar un notorio momento embelesado por el chico porque este emitió una leve risita nerviosa. ¿Quién no querría ir todos los días a comprar pan solo para escuchar la bonita risa de este bonito muchacho, Gaspar? Su piel era morena, su cabeza estaba llena de rizos oscuros, compactos gracias a una red de cocina y sus cejas eran abundantes. Era mucho más alto que Destan y tenía una complexión gruesa, por lo que podían verse algunos cuantos músculos marcados en su playera negra y delantal.

¿Por qué había pasado tanto tiempo encerrado en «El Centenario»?
¿Cómo es que el doctor Phoenix jamás le sugirió salir?

De haber salido antes, tal vez Destan y el chico, Gaspar, podrían haber sido amigos. Habría sido maravilloso no pasar tanto tiempo encerrado y preocupado por cómo lo vería el mundo pues al ver el brillo en los ojos de Gaspar, se dio cuenta que le miraba con naturalidad, como si no fuera anormal. Probablemente Gaspar no lo iba a perseguir con una antorcha y llevarlo a una hoguera. Si lo hiciera, dudaba mucho que pudiera molestarse con él.

Finalmente se obligó a contestar, manteniendo en mente la excusa que el doctor Phoenix también le había regalado.

—Sí soy de aquí —tartamudeó—. Bueno, soy de ese edificio, «El Centenario» —se mordió el labio, vacilando—. Vivo ahí con... con mi tío.

La sonrisa de Gaspar no se desvaneció, su mirada reflejó empatía.

—Eres algo tímido, ¿verdad? —preguntó Gaspar.

Destan sintió su rostro enrojecer, volvió a escuchar la risa de Gaspar.

—Yo... eh, solo —volvió a tartamudear—, mi tío me pidió ir por algo de pan —aclaró, avergonzado—, pero creo que jamás me dijo cual pan quería...

—Así que esto es un encargo. Bien, dime, ¿quién es tu tío? Tengo buena memoria, jamás se me olvidan los pedidos, podría ayudarte.

—Bueno, mi tío es el doctor Phoenix.

Gaspar entreabrió los ojos con algo de sorpresa, misma que trató de contener al instante.

—Oh vaya —emitió otra risita—. ¿El *científico loco* es un doctor? —preguntó más para sí mismo que para Destan—. Y tú eres... ¿su sobrino?

—Más o menos —contestó con una mueca—. ¿Científico loco?

Sabía que el doctor Phoenix podría ser algo raro, pero no un científico loco como tal.

—Ok, eso fue algo maleducado, lo siento... —Gaspar se reclinó suavemente sobre el mostrador—. Ha vivido toda su vida en ese edificio, es un hombre adinerado y de pocas palabras, gustos extravagantes. Se corren rumores. No sabía que tenía un sobrino y... —lo miró detenida y fugazmente a la vez—. Bueno, tú no pareces su sobrino.

—Soy adoptado —se excusó.

Ojalá el doctor le hubiera regalado unas pocas excusas más. Seguramente había pensado que nadie tendría interés en hablar con Destan como para hacer esa clase de preguntas o que Destan saldría corriendo antes de que alguien pudiera preguntar. Con Gaspar era complicado. Si salía corriendo, el doctor no tendría su pan.

No era un tipo inteligente, pero la respuesta había sonado algo coherente.

—Bien... —Gaspar se irguió lentamente—. Sobrino del científico loco adinerado que en realidad es un doctor adinerado, ¿hay alguna otra referencia para ti?

Destan parpadeó varias veces sin entender.

—Disculpa, ¿qué?

Gaspar volvió a emitir una suave carcajada.

—Tu nombre.

Eso lo hizo sentir extremadamente ridículo.

—Sí, mi nombre es Destan.

—Destan —repitió detenidamente.

—Sí, así es.

—Bueno, Destan, entonces creo que vienes en busca de una rosquilla y un par de besos. Sí, esos le fascinan.

Definitivamente había algo que no entendía. ¿Había escuchado bien?

La mirada de Gaspar se notaba divertida cuando le entregó una bandeja de metal y unas pinzas que no supo bien cómo agarrar. El muchacho le señaló el mostrador al fondo de la tienda donde yacían unos pequeños carteles señalando rosquillas y besos, estos últimos eran los que el doctor le había incitado a probar.

Fue casi imposible sujetar el pan con las pinzas. El pan casi se le cae en una ocasión. Una vez librado de su pequeña batalla, se dirigió al mostrador a pagar, esperando no lucir ridículo e inexperto. La sonrisa de Gaspar no le dijo mucho al respecto.

Gaspar le regaló una pieza de pan de centeno recién salido del horno para que lo probará. No le entusiasmó demasiado, aunque parecía una buena señal; no debía parecerle tan raro a Gaspar. Deseó poder saborear el pan. El doctor dijo que sabía exquisito cuando lo probó en el edificio. Esperó que el doctor le pidiera ir a comprar pan pronto, aunque en un comienzo, subir y bajar las escaleras era un auténtico suplicio, que no pudiera respirar como una persona normal y agotarse al subir y bajar no significaba que no fuera fatigante y abrumador.

Los días de espera se sintieron pesados, pero entonces llegó el siguiente encargo. No fue igual de sencillo encontrar el mercado y hacer la despensa. Nadie era igual de amable como lo era Gaspar. Afortunadamente no tenía que comprar su propio alimento ahí.

Agradeció que la lista de compras exigiera pan. Maldijo el momento en que tiró el pan al suelo y trató de levantarlo con las pinzas, haciendo que Gaspar soltara estruendosas carcajadas desde el mostrador. Odiaba que su rostro se pudiera sonrojar.

Se acercó al mostrador a pagar, con Gaspar mirándolo con media sonrisa mientras envolvía el pan en plástico.

—¿Te gustó el pan de centeno?

Recordó las palabras del doctor al probarlo.

—Estaba exquisito.

—Fuertes palabras para alguien tan tímido. Que halago —Gaspar le guiñó un ojo.

Contuvo una sonrisa, decidido a no exponer sus horrorosos dientes. Las comisuras de sus labios continuaron rebelándose, regalándole una pequeña sonrisa de boca cerrada al muchacho frente a él.

Destan comenzó a estar atento a los días, incluso cuando las escaleras eran tediosas, cada segundo en el exterior o la esperanza de volver a Gaspar era mejor que el confinamiento, pues los estudios de observación dejaron de ser frecuentes. El doctor Phoenix dejó de hacer anotaciones sobre su comportamiento y dejó de extraer su sangre. Lo único que le importaba de Destan era que siguiera con su plan de alimentación fluido y funcional y con su estricta educación en casa.

Los pedidos se volvieron frecuentes; el doctor se convirtió en el recluso. No necesitaba salir cuando Destan podía ir al mercado o a la biblioteca. Al final de su recorrido volvía a la panadería y Gaspar siempre estaba ahí, esperando con una sonrisa que la mitad de las veces era indescifrable.

El suplicio de las escaleras se terminó al cabo de unas cuantas salidas. Una pequeña cabeza descabellada se asomó detrás del mostrador contiguo a la puerta mientras el portero, Rogelio, recogía un pedido en la entrada. Pronto una niña de melena cobriza y despeinada de aproximadamente seis o siete años se encontraba frente a él, mirándole con curiosidad.

—Siempre usas las escaleras.

En su momento no supo bien lo que debía decir. Se sintió avergonzado cuando la niña tomó su mano y lo llevó a un par de cubículos a los que él jamás le había prestado atención y le enseñó a subir y bajar con solo entrar y presionar un par de botones. La niña no le dijo nada más, volvió a su escondite y Destan agradeció internamente nunca haber mencionado a nadie el asunto de las escaleras, no necesitaba más motivos para sentirse avergonzado.

Entonces las cosas solo pudieron mejorar, eliminando las escaleras de su camino y estando más cerca de Gaspar y la panadería. Gaspar reía de una manera dulce y amable, incluso cuando reía por la poca destreza social de Destan y sus eventuales torpezas.

—¡No puede ser, pareces un niño pequeño! —decía Gaspar a menudo. Siempre con una bonita sonrisa.

Procedía a ayudarlo y lo dejaba perplejo sin saber cómo explicarse. Dejó de parecer necesario con el paso del tiempo, a Gaspar no le importaba su poca destreza social, ni sus torpezas. Podrían ser amigos algún día si Destan pudiera dejar de cometer errores y comenzar a hablar con congruencia.

Salir a comprar pan en la tienda de la esquina se volvió una excusa agradable para salir durante las bonitas tardes otoñales. Se sentía inquieto cuando no podía asistir. Le gustaba sentir que respiraba, aunque fuera biológicamente imposible, le gustaba sentir el aire contra su rostro al caminar por las calles adoquinadas hasta llegar a la panadería, donde Gaspar estaría siempre regalando sonrisas.

No salir equivalía a sentir la asfixia. Caminaba en círculos en busca de aire y pasaba cerca del doctor como un constante recordatorio hasta que conseguía interrumpir una de sus muchas lecturas diarias. El doctor cedió al cabo de un rato.

—¿Te sucede algo?

Destan le miró, hundiéndose de hombros.

—No, ¿por qué pregunta?

—Sigues rondándome.

—Solo me pregunto si necesita que salga a comprar algo. Como... despensa o así.

—La despensa se compró ayer, Destan.

—¿Y qué hay del pan?

—¿Quieres comer pan?

Destan frunció el ceño e hizo una mueca, asqueado.

—No, claro que no.

—¿Entonces para qué quieres ir a la panadería?

No supo contestar. No estaba seguro de lo que podía decir. ¿Era adecuado decirle que, si tenía que ser una mascota, le gustaría dar una vuelta? ¿O comentar el olor a lavanda en la panadería sería excesivo?

El doctor Phoenix dejó suavemente de lado su libro, posando su mirada en Destan.

—Creo que no hemos hablado mucho de tus excursiones al mundo exterior —comentó el anciano—. Mucho menos de tus excursiones a la panadería. ¿Conociste a alguien?

Su rostro enrojeció al instante. Seguía odiando que su rostro hiciera eso. Lo dejaba en evidencia. La vergüenza era humana y terrible; así como el doctor y sus carcajadas, se divertía con sus sonrojos y los adjudicaba a una muestra de humanidad. Destan lo veía como un sabotaje del universo.

—Oh, así que por eso tanto interés en el pan —siseó con una media sonrisa un tanto burlona—. Te gusta el panadero.

—¿¿Qué?! ¡Claro que no! —replicó—. ¡Ni siquiera lo conozco!

—No hay motivo de vergüenza, Destan —dijo el anciano tranquilamente—. La atracción, el amor es algo propio del ser humano.

—No soy humano.

—Tus emociones no podrían ser más humanas —aclaró—. Además, no es una teoría que alguna vez haya podido comprobar yo. Jamás me interesó mucho el romance, me interesaba... —lo meditó un segundo—, me interesaba encontrar curas para enfermedades, colaborar con la evolución de la humanidad.

—¿Alguna vez lo consiguió? —se atrevió a preguntar con curiosidad—. ¿Por eso tiene tanto dinero, doctor?

El doctor soltó una risotada.

—No, es una herencia. Durante algún lapso busqué mi lugar entre innovadores, pero entonces me detuve y encontré algo mejor —confesó. Debió notar la curiosidad de Destan porque no tardó en contestar—. A ti. Te encontré a ti.

Sus orejas también hormigueaban algunas veces, enrojecidas.

—Claro, el vampiro es mejor —murmuró desviando la mirada.

—En más de un sentido —concordó—. Para empezar, tu ADN podría potenciar curas.

—¿Podría?

—Me temo que es un logro que no veremos llegar —confesó amargamente—. Hay algo todavía más valioso que encontré en ti: un amigo, compañía. Me siento responsable por ti.

—¿Entonces por qué pretende abandonarme?

La pregunta brotó de sus labios involuntariamente.

Sabía lo que eran: el científico loco y la rata de laboratorio. El científico loco, sin embargo, le había permitido vivir, lo había cuidado. También era su guardián, un hombre viejo y arrugado, incapaz de caminar. ¿Qué haría sin él? Era su única familia.

—La muerte es inevitable para la gente como yo —continuó diciendo el doctor—, pero no pretendo abandonarte, te quedarás partes importantes de mí.

—¿Ah, sí? ¿Y eso qué es? —inquirió con desgano.

—Mi nombre —dijo, consiguiendo que Destan se quedará atónito—. Legalmente eres Destan Phoenix.

Algo externo se apoderó de Destan, un sentimiento nuevo que no creía haber sido capaz de sentir antes, no existía ni en sus mejores sueños. Saltó a abrazar al doctor Phoenix, sintiendo cariño de verdad, gratitud, incluso algo de vergüenza al darse cuenta de que los regalos del doctor podrían no significar que él también le quisiera, pero se sentía querido y colmado de regalos cuando antes, en otra vida, lo único que conocía era oscuridad e incertidumbre.

Se apartó con la menor brusquedad posible, sabiendo que el doctor podría romperse en cualquier momento y no quería que eso sucediera. No quería ser él quien lo rompiera.

—¿Por qué no vas a comprar unos besos para celebrar la ocasión, eh? —preguntó el doctor con una sonrisa maliciosa.

Destan resopló ante la pequeña burla del doctor y salió corriendo a la panadería. Quería volver pronto. Quería sentarse junto al doctor Phoenix y verlo comer mientras leía, quería atesorarlo como uno de los primeros recuerdos de su maldita eternidad.

Iba a atesorar esa imagen justo junto a la sonrisa amigable y dulce que Gaspar le regaló justo cuando entró a la panadería, cada vez que entró a la panadería.

Las tres manías de Gaspar

Destan no iba a la panadería a menos que el doctor se lo pidiera. Habían hablado de ello. El doctor había dicho que no había ningún motivo para impedirle salir mientras cumpliera su rutina de alimentación y estudios al pie de la letra, aclarando que no quería a un ignorante incompetente hambriento rondando por ahí.

Aun así, Destan no iba si el doctor no se lo pedía. Cuando se lo pedía, Destan asistía ansioso y entusiasmado a su vez. Trataba de registrar cada detalle en su cabeza, como lo eran las pequeñas grietas en los marcos de las ventanas, el olor a lavanda, el orden de los mostradores deslavados en las esquinas o los pequeños candelabros rotos colgando del techo. Su atención siempre era acaparada por Gaspar. Una vez que fijaba su mirada en él, no había nada más que pudiera robar su atención.

Destan tenía una vergonzosa meta personal; recordar las sonrisas de Gaspar para toda la eternidad.

Las sonrisas expandidas en los labios de Gaspar eran pequeñas manías dulces y agradables que siempre se encontraba dispuesto a regalar junto a su contagiosa alegría.

Había conseguido identificar tres tipos de manías en los labios de Gaspar y se divertía identificando cada una de ellas, siendo un pequeño juego personal del que jamás le hablaría a nadie. Ni siquiera al doctor Phoenix.

Existían las sonrisas alegres, sonrisas que Gaspar regalaba a todo individuo que hiciera sonar la campana de la panadería al entrar. Era una sonrisa amplia que parecería forzada en cualquier otro rostro, pero vistas en el rostro de Gaspar, cualquiera podría decir que no había nada más hermoso. Se trataba de una sonrisa capaz de hacer sentir cómodo a cualquiera, una sonrisa que te hace sentir en casa.

Existían las sonrisas ladeadas, estas pertenecían únicamente a Gaspar y eran sumamente selectivas y personales. No las compartía con personas al azar, ya había regalado demasiadas al mundo, necesitaba su espacio, algo que fuera de él. Las reservaba para su regocijo al hornear y amasar, para su propia comodidad y júbilo.

Luego existían las sonrisas amplías, adjuntas a prolongadas carcajadas. Eran alegres y espontáneas, fuera de la rutina, las que Destan más se esforzaba en memorizar. Sonrisas que venían con una pequeña broma, llenas de sinceridad. Aquella última manía era su favorita. Era la que siempre pintaba los labios de Gaspar al ver a Destan entrar a la panadería. Él podía provocar esas sonrisas y le encantaba hacerlo.

La primera carta de amor

Las hipótesis del doctor Phoenix casi nunca fallaban, por eso había sido tan acertado al decir que a Destan le gustaba Gaspar.

En el silencio de su habitación podía verse a sí mismo sonriendo, incluso exponiendo sus espantosos dientes afilados. Sentía el entumecimiento en sus mejillas y si miraba en un espejo podía ver el todavía más espantoso sonrojo extendiéndose por todo su rostro.

Siempre sucedía horas después de haber vuelto de la panadería.

Era cuidadoso al respecto, no solía abrir demasiado la boca al hablar y procuraba sonreír con la boca cerrada. Era cuidadoso estando en la panadería o al ojo público, pero siempre que regresaba a casa, se encontraba con esa espantosa sonrisa aguardando silenciosamente por él. Era angustiante. Las horas que pasaba tratando de recordar si había sonreído así frente a Gaspar eran una cantidad ridícula. Cada vez que volvía a la panadería, temía no recibir una sonrisa de Gaspar o que le dijera que no quería saber nada de él. Ese era el mejor de los escenarios; en el peor, Gaspar le diría que conoce su naturaleza y el pueblo lo llevaría a la hoguera inmediatamente y él únicamente lamentaría decepcionar a Gaspar.

Nadie podría estar tranquilo regalando sonrisas a los monstruos. Sin embargo, Gaspar lo hacía; sin saberlo, le regalaba sonrisas a un monstruo. Lo miraba fijamente y bromeaba con él durante el mismo tiempo que Destan tardaba en abandonar la tienda, sin siquiera sospechar de su verdadera naturaleza.

El ciclo se repetía cada vez. La sonrisa espantosa aguardaba por él en casa y el temor inundaba sus pensamientos nocturnos. Eso debió confirmar la hipótesis de su pequeño enamoramiento, más no fue la única de las evidencias.

En una ocasión, encontró a Gaspar comiendo pan durante su descanso, era un beso que dejó blancos sus labios. Entonces llegó la lluvia de preguntas, ¿los besos tendrían sabor? ¿Si lo besaba, sería un beso agrio? ¿Sería como comer pan? ¿O acaso los besos tenían un sabor diferente? Poco le importaba a qué sabían, solo tenía curiosidad de saber cómo se sentían los labios de Gaspar contra los suyos. Era vergonzoso. Los únicos besos por los cuales debía ir eran los panes del doctor.

Finalmente tuvo su momento de realización; estaba verdaderamente arruinado.

La tercera evidencia la obtuvo el doctor Phoenix. Era gracioso lo muy distraído que había estado como para darse cuenta de que había estado prestando poca atención durante las lecciones del doctor, por lo que el ya mencionado se quejaba continuamente. No se detuvo hasta que lo golpeó con un libro en la cabeza, provocando un incómodo gruñido por parte de Destan.

—Aleja tus asuntos personales de las horas académicas —exigió el hombre—. Es hora de estudiar, ¿lo comprendes, Destan?

Destan resopló, obteniendo una mala mirada del doctor.

—No existen tales asuntos personales —musitó en voz baja.

—¿Entonces a qué se debe tu ausencia mental? —inquirió el hombre con una ceja arqueada—. ¿Se trata del chico de la panadería, de nuevo?

De nuevo ahí estaba el incómodo sonrojo en el rostro de Destan.

—Se llama Gaspar —contestó—. Y no, no es sobre él. No podría ser por él. Ni siquiera somos amigos, somos conocidos, yo soy su cliente.

"Aunque a veces me regala sonrisas", pensó y trató de no sonreír por eso.

—Bien, entiendo —siguió diciendo el doctor, meditativo—. Lo que no entiendo es porque siempre te reprimes tanto. ¿Es difícil ir a pedirle que salga contigo a tomar un café?

La sugerencia lo llenó de desconcierto.

—¿Por qué haría eso? —preguntó—. ¡Ni siquiera puedo tomar café!

—Él sí y tú podrías ser una agradable compañía si no fueras tan necio. Anda, corteja al muchacho, expresa lo que sientes y enfócate en tus estudios. No estaré aquí eternamente, buena suerte tratando de encontrar un mejor profesor para vampiros necios.

En las próximas lecciones realmente buscó concentrarse. Fue difícil no concentrarse en este nuevo cuestionamiento que, hipócritamente, el doctor había sembrado; ¿qué le impedía expresar sus sentimientos por Gaspar? Si lo pensaba bien, ni siquiera tenía que decirlo en voz alta. Podría llevar una carta guardada en el bolsillo de su preciado saco por toda la eternidad, pensando en la sonrisa de Gaspar y sabiendo que sus sentimientos estaban resguardados.

Las horas que permaneció escribiendo en la madrugada lo alejaron de la angustia. Las palabras que manchaban sus pálidos dedos eran el más grande de sus alivios y expresar lo que sentía al recibir las sonrisas de Gaspar al entrar a la panadería se sentían como magia. Puede que haya escrito lo mismo una y otra vez. Ni siquiera importaba.

Su corazón debía de permanecer guardado en el bolsillo de su saco, con el nombre de Gaspar tatuado entre líneas. Así lo hizo durante varios días. Destan lo guardó en el bolsillo de su saco favorito, un bonito saco negro que perteneció a la juventud del doctor Phoenix.

Nada podía perturbar a Destan después de su desahogo. La concentración volvió y dejó de vagar, pues sus sentimientos iban a seguir guardados en su bolsillo al final del día. Podía tomarse las sonrisas de Gaspar con más calma.

Hasta que descubrió el reciente hoyo en su bolsillo al volver de la panadería, perdiendo así el cambio del doctor y su propio corazón.

Perder su corazón fue doloroso. Había reemplazado su disfuncional órgano interno con ese pedazo de papel, lo había guardado y cuidado, por más estúpidos que fueran los sentimientos relatados ahí y aun así lo había perdido en solo un momento. Corrió a la calle en su búsqueda, en vano. No hubo una sola señal de su corazón. Se sentía avergonzado. ¿Qué idiota pierde su corazón? Peor aún peor, ¿dónde lo había perdido? ¿En la panadería? Debía ser un auténtico idiota. *Si Gaspar lo leía...*

No supo qué fuerza lo incitó a presentarse a la panadería al día posterior. Se sentía avergonzado de contarle al doctor Phoenix lo que había sucedido y a la vez tenía curiosidad: ¿y si su corazón había terminado ahí, en la panadería?

Supo que estaba arruinado cuando Gaspar no le dedicó una sonrisa conocida aquella tarde. Lo notó incómodo, forzado a ser. Quiso morir más que nunca, más que todas las otras veces que le había suplicado al universo que se lo llevara.

Gaspar le atendió con una extraña neutralidad, que lo dejó más que claro: Gaspar tenía su corazón, lo conocía, lo había leído. Eso era todo. Debería comenzar a buscar otra panadería para el doctor Phoenix o el anciano bien podía hacer una dieta.

Le haría bien una dieta.

—¿Tienes tiempo libre? —le preguntó Gaspar, tomándolo por sorpresa.

—Disculpa, ¿qué? —musitó con un hilo de voz.

—Pretendo tomar un descanso, cerrar la tienda un rato. ¿Quieres acompañarme?

Comenzó a tartamudear sin poder emitir una respuesta real, las excusas que brotaron de sus labios no tenían congruencia. No sabía qué decir o cómo escapar para volver a su refugio a llorar. Lloraría ahí, estaba seguro. ¿Él podía llorar? ¿Cómo es que había sido tan idiota como para llevar su corazón en el bolsillo? Ningún idiota con su mala suerte lo haría.

—Tranquilo —Gaspar le sonrió con suavidad, colocando una mano en su hombro—, solo quiero hablar, Destan.

Tardó unos segundos en reaccionar. Terminó asintiendo con la cabeza, vacilante, pensando si correr en la dirección contraria era una mejor opción.

Gaspar no lo permitió. Mientras caminaban, abandonando juntos la panadería, Gaspar continuaba con su mano sobre el hombro de Destan, guiándolo en dirección al parque y cruzando uno de los arcos adintelados en el pequeño muro encargado de resguardar el interminable bosque de altos árboles cuyas hojas otoñales caían encima de ellos.

Se sentaron en una banca color blanco. Se sentía mareado, perdido y desorientado. El mundo era borroso a su alrededor, todo porque no pudo guardar su corazón debajo de una almohada o en el cajón de su ropa interior.

Esperó a que Gaspar hablara. Ya fueran palabras crueles, insultos o desprecio, él esperó sin conseguir concentrarse en ver fluir el río a la lejanía, no conseguía ver cómo el río conectaba con las casas de madera oscurecida al fondo del bosque, ni siquiera sabía cómo había conseguido distinguirlas con lo mareado que estaba.

Gaspar finalmente habló.

—La primera carta de amor que escribí fue a mi mejor amigo.

Destan le miró sin comprender. El ser humano era demasiado complejo, Gaspar era demasiado complejo. ¿Por qué seguía sonriéndole? ¿Por qué todavía lo miraba como si todo estuviera bien? No supo qué contestar, no de inmediato.

—¿Qué dijo él?

Gaspar le miró y le regaló una sonrisa nerviosa.

—Me golpeó con un rodillo en la frente y luego renunció a su puesto en la panadería —confesó—. Mira, aquí está la cicatriz.

Destan se obligó a mirar aun cuando una pequeña bolita de rabia se asentaba en su estómago mientras Gaspar señalaba un pequeño espacio en su frente, justo debajo de la raíz del cuero cabelludo. Parecía una pequeña mancha, casi invisible si no prestas atención, a diferencia de sus propias cicatrices.

—¿Me vas a golpear? —preguntó Destan sin pensar.

Gaspar le miró serio por un segundo, debió notar el terror en sus ojos porque volvió a colocar una mano sobre su hombro y le sonrió amablemente, pero no la amabilidad que Gaspar ofrecía a todos sus clientes. Había algo diferente y eso le hizo sentir algo de calma.

—¿Debería golpearte? —bromeó Gaspar.

—No lo sé —confesó Destan—. ¿Deberías?

Una suave carcajada bastó para calmar por completo a Destan.

—Creí que lo había dejado claro: no soy la clase de chico que se avergüenza por gustarle a otro chico —aclaró Gaspar—. De hecho, tengo que admitir que, viniendo de ti, me siento muy halagado. Pensaba que no te agradaba.

—¡¿Qué no me agradabas?! —chilló.

—Eres difícil de leer —le aclaró—. Demasiado tímido y reservado. De verdad pensé que yo te caía mal y solo ibas a la panadería por no darle la contra a tu tío.

No supo qué decir. Gaspar retiró la mano de su hombro y buscó en el bolsillo de su desgastado saco verde la carta de Destan. Su corazón. No estaba maltratado, ni tantito arrugado. De hecho, estaba bien doblado en una irónica forma de corazón, sin pliegues sueltos. Había algo de cariño en su cuidado.

—Hablando de lo tímido y reservado que eres... —le ofreció la carta—, imagino que esto ha sido un accidente, ¿no es así?

Destan asintió con suavidad, su mano se opuso a recibir la carta y su cerebro estuvo en desacuerdo cuando su corazón habló por él.

—Puedes quedártelo.

Gaspar entreabrió los ojos con algo de sorpresa, una sonrisa más sutil y ladeada nació en sus labios mientras observaba detenidamente a Destan.

—¿Estás seguro? —preguntó con interés genuino—. Parece importante.

—Dijiste que no sentías vergüenza.

—Y no la siento. Solo quiero saber si tu no sientes vergüenza.

—No, no la siento. Estoy seguro.

Destan regaló su corazón y Gaspar lo recibió con cuidado y lo guardó. Ni siquiera le importaba si Gaspar lo cuidaba, él podría romperlo y, aun así, Destan no se avergonzaría por habérselo entregado. No había arrepentimiento en su decisión.

—Mañana tengo un rato libre por la tarde —comentó Gaspar—. Normalmente son los martes y miércoles cuando puedo salir un rato, ya sabes, no se compra tanto pan...

—¿Qué estás sugiriendo...?

—Quiero conocerte, Destan.

No esperaba esa respuesta, ni que le dejara sin el aire que no necesitaba.

—No tienes la obligación de hacerlo... —tartamudeó.

—Dije que lo quiero hacer —aclaró Gaspar—. Vamos, has sido todo un misterio para mí desde que llegaste el primer día sin entender que hay panes llamados besos y ahora que sé que no te desagrado, ¿me negarás la oportunidad de conocerte? Sería cruel, Destan.

Era mala idea, lo sabía. Gaspar no sabía qué clase de monstruo era Destan.

Aun así, Destan se permitió soñar.

—Mañana vendré por la tarde.

Corazón de papel

~~Querido chico de las sonrisas bonitas:~~
Querido Gaspar:
~~Tus sonrisas son como magia.~~
~~Gracias.~~ Nunca he sido bueno con las palabras, con nada en general. Algunos no estamos hechos para ser buenos con ciertas cosas, no como tú, que horneas con tanta dedicación y cariño a tu oficio.

Ignora eso, por favor. Ignora todo, porque soy un desastre y no hago nada más que decir y hacer estupideces cuando se trata de ti.

~~El doctor Phoenix papá~~
Mi tío está molesto conmigo. No molesto como loco, más molesto como harto. Harto de mí y lo gran idiota que puedo llegar a ser cuando mi cabeza se encuentra perdida en ti, en tus bonitas sonrisas, las que regalas al mundo solo porque tu existencia es luz y se siente como ~~magia;~~ como algo irreal porque no se supone que nada sea tan perfecto y bueno en este mundo y sin embargo, existes y si el universo tiene algún poder superior y es responsable de ello, yo lo agradezco.

Haces que mi mundo sea un lugar mejor.

Sé que no hablamos demasiado y creerás que soy un demente si leyeras esto, incluso no querrías verme más en la panadería y yo lo respetaría (te prometo que lo haría, ~~haría lo que sea que tu quisieras~~), pero vivo aterrado de todo y todos, sabiendo que no soy normal y jamás lo seré y aún hay algo muy malo en mi aunque el ~~doctor~~ mi tío diga lo contrario y de pronto entro a tu mundo y me encuentro con un lugar seguro que me aterra perder porque obviamente no eres mío, eres el bonito chico que elige regalarme sonrisas por más raro que yo sea.

Estoy divagando. A esto me refería; divago todo el tiempo, soy tan ridículo y mi cabeza no deja de volver a tu sonrisa y la pureza con la que me miras, como si fuera cualquier otra persona y no el sujeto raro que suspira por ti esperando que no te des cuenta porque no te quiero hacer sentir incómodo y no quiero perder el momento. No tendré otra oportunidad de recordarte para siempre si tú decides o llegas a ver al horrible ~~monstruo~~ sujeto que no hace más que suspirar por ti en silencio, como todo un demente.

~~El doctor~~ Mi tío sigue diciéndome que debería tratar de acercarme, invitarte por un café, algo, pero yo mismo

estaría aterrado si alguien como ~~*yo siquiera pensara en*~~ ~~...~~ *No importa.*

Estoy feliz plasmando aquí mis sentimientos, aún si no hay palabras suficientes para expresar esto que me sucede a tu alrededor e incluso es un poco raro, pero ¿gracias?

Hiciste a un monstruo sentir cosas que no sabía que podía llegar a sentir (que tal vez no debería sentir en absoluto) y aunque es aterrador y siento una piedra en mi pecho cada vez que me detengo a pensar en lo que siento, con solo existir, me has dado mucho más de lo que pensé que podría llegar a sentir, así que gracias.

Por si no se ha llegado a entender todo mi desastre, solo quiero que sepas que estoy enamorado de ti. Lo siento.

Atentamente, Destan Phoenix.

Momentos memorables

El doctor Phoenix no pudo seguir impartiendo clases a Destan. El día que dejó de recibir lecciones, Destan pensó que era porque estaba siendo un mal estudiante otra vez y el doctor al fin se había rendido, aceptando que no valía la pena. Ojalá hubiera sido debido a eso. Todo cobró un nuevo sentido cuando observó al doctor Phoenix tambalearse lentamente hacía la terraza, casi cayendo de no ser porque Destan consiguió llegar a tiempo para sujetarlo con fuerza y ayudarlo a llegar.

No era el doctor quien se estaba rindiendo, era su mortalidad. Iba a dejarlo.

No quería quedarse solo en ese lugar. El departamento era del doctor, hecho a su medida y comodidad, incluso si a veces pensaba que una familia numerosa podría vivir ahí mejor de lo que ambos podían. Si el doctor lo dejaba, no sabría vivir con su fantasma.

«No ahora», suplicó al universo, mientras observaba al doctor entrecerrar los ojos al sentir el frío aire de la tarde rozar su arrugada piel. «No ahora, por favor»

—Los últimos días he pensado en hacer una maleta e irme —comentó el doctor con voz suave y sin abrir los ojos.

«Lo seguiría», pensó Destan, «seguiría a este anciano a donde *él quisiera*». Patéticamente, él era la única familia que tenía Destan y la única familia que podría imaginar tener. Era todo lo que habría necesitado en cualquier universo, cualquier otro tiempo, cualquier otra vida.

—¿Por qué no lo hace? —le preguntó vacilante.

—Por qué no tendré la fuerza de volver y quiero morir en mi hogar, con mi familia —confesó el anciano, mirando hacia las interminables hileras de edificios de la ciudad—. Además, tú eres feliz aquí, ¿no es así?

No lo pensó demasiado.

—Lo soy —confesó—, pero le seguiría.

Hasta el fin del mundo, hasta la muerte, si se lo pedía.

—Es lo que me temo, Destan —suspiró el anciano, para luego abrir los ojos y mirarle con ternura—. Aquí somos felices los dos.

Su mirada se perdió lejos de Destan, junto a sus pensamientos. No hubo más palabras. Ninguno de los dos se animó a seguir conversando, pero estaban uno al lado del otro, perdidos en el silencio. Juntos. Era suficiente solo tenerle a su lado, escuchando su respiración como una melodiosa canción. Aunque estuviera destinado a convertirse en un recuerdo.

Al cabo de un rato el anciano dio media vuelta, dispuesto a volver a adentrarse en la calidez de su hogar. No tuvo que pedirlo, Destan le ayudó y veló sus pasos hasta que llegaron a la sala de estar donde, con algunas dificultades mínimas, el anciano se sentó y palmeó el lugar a su lado, pidiéndole en silencio a Destan que tomara asiento junto a él. Así lo hizo.

—Sabemos cómo funciona la vida, ¿no es así, Destan? —preguntó el doctor con suavidad, Destan asintió, tratando de comprender su punto—. Es inevitable, al menos en mi caso; mi destino ha sido sellado, pero no tiene que ser algo malo. Los momentos juntos pueden ser memorables, ¿no lo crees?

—Así lo supongo —dijo Destan en un susurro.

—¿Puedes quedarte conmigo mientras leo? —dijo el doctor de repente, su tono de voz se asimiló al de un niño pequeño, temeroso de la oscuridad.

—¿No es hora de dormir?

—No todavía —susurró el anciano—. Últimamente duermo tanto que creo que mi reloj biológico se ha desconfigurado —dijo, emitiendo una pequeña risita que se escuchó triste—. No es tan tarde, aún podrías ir a la panadería a pasar el rato si eso es lo que gustas. Te daré dinero si quieres...

Le habría encantado, por supuesto. Esa mañana todavía tenían pan de la noche anterior por lo que el doctor no le pidió que fuera a comprar más, pero Destan decidió horas antes que quería pasar el tiempo con el anciano, sobre todo por el miedo de dejarlo solo, demorarse y al regresar, encontrarlo roto de alguna forma. El doctor no estaba teniendo el mejor de sus días, si era honesto.

—No —le interrumpió, aunque su cerebro protestó ante la poca cortesía y la mala educación—.

Digo, me encantaría quedarme con usted mientras lee.

El doctor asintió con suavidad y tomó el primer libro que estaba a su alcance, un libro de física en la esquina del sillón. Destan se dio cuenta de que no recordaba un momento en el que no hubiera libros esparcidos por todo el departamento y, como siempre, era él quien los regresaba a la estantería cuando los usaba, los libros tirados eran los que el doctor Phoenix olvidaba, por lapsos, que había estado leyendo.

—¿Puedes acercarte? —pidió el anciano, elevando la mirada del libro un segundo—. Honestamente, creo que estoy demasiado cansado para moverme más.

Destan accedió dubitativamente y se acercó más al doctor, por instinto se recargó con delicadeza sobre su hombro, leyendo el libro del doctor por encima de su hombro y deseando que no fuera a molestarse por acercarse demasiado incluso si él era quien lo había pedido. El doctor, lejos de molestarse, comenzó a leer en voz alta y Destan deseó nunca tener que verse obligado a olvidar cómo sonaba la voz del doctor o como se sentía ser protegido por él.

El terrible primer amor

A Gaspar le gustaba pasear con Destan en sus tiempos libres. A Destan le gustaba pensar eso y reír en su habitación por las madrugadas pensando en ello, aunque fuera una fantasía infantil. Gaspar no le había dicho explícitamente que le gustaba pasar el tiempo con él, pero se había vuelto su pequeña hipótesis, después de todo, Gaspar le seguía diciendo cuáles eran sus espacios libres para que saliera a caminar al parque con él.

Caminaban mucho y todo el tiempo hablaban. En realidad, Destan escuchaba. En su vida no había la suficiente cantidad de detalles para compartir sus recuerdos con la misma fluidez con la que Gaspar le contaba las cosas, nada le causaba tanta risa como para que llegara esa pequeña lágrima de felicidad a sus ojos, a diferencia de Gaspar que siempre era visitado por esa pequeña lágrima de nostalgia.

Gaspar atesoraba sus recuerdos y los compartía con Destan.

Hablaba de su madre, quien cuidó de él contra toda adversidad y sin importarle que a Gaspar le gustase besar a otros chicos (cosa de la que Destan se sorprendió, ¿era mal visto que un chico quisiera besar a otro? Bien, tenía otro motivo para ser un adefesio, pero ni siquiera importaba, no podía importarle menos); la madre de Gaspar había peleado con cada persona que se atrevió a criticar a su hijo y amenazó a quien alguna vez lo quiso intimidar.

Destan hubiera querido conocerla. Gaspar le contó sobre su fallecimiento, sucedido un año atrás por una enfermedad que él no mencionaba. Se quedaba con lo mejor de ella: su amor incondicional, su pasión heredada por la repostería y la fiereza con la que le defendió hasta el último de sus días.

Hablaba de *«pastel de calabaza»*, su gata anaranjada y de la habitación encima de la panadería que le pertenecía como un patrimonio por el cual su madre había luchado incansablemente al querer dejarle algo de valor a su hijo, por el que siempre peleó y el que sabía que se quedaría solo en su ausencia. Gaspar pasaba mucho tiempo solo.

Le contaba secretos de sus viejos amores, de la antigua versión de sí mismo que regaló a otros corazones. Entre carcajadas le contaba las veces de un padre colérico o una madre furiosa que lo culpaba de corromper a sus hijos y le contaba de sus cicatrices para luego preguntarle socarronamente si se tenía que preocupar por el doctor Phoenix.

Entonces Destan tenía por primera vez algo que contar y le decía que el doctor Phoenix había estado molesto porque se distraía demasiado pensando en Gaspar y ahora no había más que pacífica calma para el anciano, sin tener que preocuparse por nada de eso.

El tema de los padres furiosos le causaba risa a Gaspar, aunque a Destan le preocupaba un poco el asunto de las cicatrices.

—Mi primer amor... —le contó una vez Gaspar con media sonrisa—. Fue terrible, porque el chico me dio un puñetazo y perdí un diente.

La sonrisa de Gaspar era contagiosa, pero Destan no podía evitar fruncir el ceño ante dicha declaración. Gaspar parecía acostumbrado a los golpes.

—¿Tu mejor amigo te hizo eso? —inquirió recordando otra anécdota que le contó.

Aquella primera anécdota cuando Destan le regaló su corazón.

—El vecino me hizo eso —corrigió Gaspar—. Me enamoré de mi mejor amigo e hice esa carta que mencioné años después. Sólo tenía catorce o quince años.

Ahora Gaspar tenía veintitrés años y había amado demasiado. Amó a su madre, al joven vecino de su antiguo hogar que tocaba el violín, a su mejor amigo que siempre le regalaba golosinas, a algún cliente de mayor edad que alguna vez le compró ropa fina e incluso había amado al cartero.

Nada había durado, pero los seguía recordando y lo hacía con un amor propio de él; a grandes rasgos y sin anhelar un retorno, era un amor a otra circunstancia más que lo había llevado a su vida actual. Recordaba todo. Destan no podía.

Los recuerdos eran inexistentes. ¿Había amado a alguien antes? El doctor era toda la familia que tenía y Gaspar sería el único y primer amor entre sus pocos recuerdos.

Aun tratando de contener sus sentimientos, sabía lo que el amor significaba: Gaspar.

Incluso cuando Gaspar había tenido un terrible primer amor, incluso si no se había enamorado de Destan tal como él lo había hecho durante ese otoño, Gaspar se aseguró de que Destan tuviera la clase de primer amor que él ni siquiera soñó con tener: dulce y silencioso.

Destan será el más dulce de los amores de Gaspar y Gaspar será solo el primer amor de Destan.

Día de muertos

Últimamente, el doctor Phoenix no tenía mucho que decir ni teorizar, por lo que esa mañana, cuando abrió las cortinas del departamento y la fría luz del primero de noviembre se filtró por todo el lugar, fue un día esplendoroso. Finalmente tenía una hipótesis y, aunque no extrañaba en absoluto las muestras de sangre y las camillas metálicas, estaba feliz de poder ayudarlo si se le permitía.

—Hoy es un buen día para ir al cementerio.

La declaración lo consternó un poco, debía ser honesto. En algún punto de sus insensatas madrugadas de constante insomnio se había dedicado a leer a montones sobre la creencia general de los vampiros; nada estipulaba que fueran reales, todo derivaba de conductas físicas que el cuerpo humano poseía por inercia después de morir, el concepto del vampiro se había creado por mera ignorancia. Exceptuando creencias que involucraban la idea de que un vampiro no podía entrar a tierra sagrada debido a su condición, sin vida, sin alma.

Sin embargo, él podía verse al espejo y salir al sol contrariando todas aquellas creencias.

No podía evitar sentir algo de miedo, ¿qué tal si directamente no podía entrar al cementerio por estar muerto? Solo era un tonto vampiro con complejo de humano, después de todo. ¿Cómo siquiera el doctor podía llegar a pensar en algo así...?

Mientras sus pensamientos se revolvían en su cabeza, el anciano se acercó a él con una corbata y un traje negros. Era normal que el doctor le otorgara regalos, ropa que usaba en su juventud o trajes que ya no le quedaban. Este traje parecía nuevo.

—Además, quiero presentarte a un par de personas.

—¿En el cementerio? —Destan prácticamente chilló, estando sumamente desorientado—. ¿Y si ahora sí me quemo?

El anciano le miró sin expresión durante apenas unos segundos para posteriormente romper a carcajadas, carcajadas que incluso le hicieron reír mientras arrugaba un poco el traje que todavía parecía dispuesto para Destan.

—No consideraría un cementerio tierra santa —dijo el doctor todavía entre risas—. No toda la gente cree en un dios, ¿sabes?, son sus seres queridos quienes necesitan un lugar para visitar a quienes ya no están. E independientemente de ello, aunque exista una entidad superior, dudo que se ponga a quemar gente a lo bruto; no sería muy sabio quemar a una víctima de las circunstancias, pero no al pederasta que va a misa cada domingo. Deja de lado las ridiculeces, veamos si puedes pasar a un cementerio o si tengo que establecer otro punto de encuentro.

Dicho esto, le entregó el traje sin decir nada más, la risa del anciano flotó en la atmósfera durante el resto de la mañana y la ansiedad de Destan permanecía a flor de piel mientras desayunaban, se alistaban y bajaban por el elevador juntos. Juntos. Jamás habían salido de casa juntos. Mucho menos desde que Destan se encargaba de hacer las compras.

Antes de asistir al cementerio, pasaron a comprar flores y veladoras, ese día en particular abundaban puestos en las banquetas con montones de flores anaranjadas a las que el doctor llamó como flor de cempasúchil, lo que hizo que Destan se reprendiera a sí mismo por no haber leído libros sobre herbología dado que parecía una flor importante. Sabía que las rosas eran detalles románticos y otras flores tenían otros significados, pero no tenía ni la menor idea de lo que significaba la flor de cempasúchil.

Llegando al cementerio solo hubo un incremento de las mismas flores y algunos otros arreglos florales que la gente seleccionaba animosamente.

—Esos son más bonitos —señaló Destan.

El anciano se hundió de hombros y le explicó con brevedad el significado de la flor de cempasúchil: era un símbolo de vida y muerte, una tradición. Pero igual le dio dinero para comprar el par de arreglos florales que más le gustaran. Luego se adentraron juntos en el cementerio y no pasó nada, absolutamente nada; no se quemó cuando pasó junto a un de un grupo de personas que rezaban frente a la tumba de algún ser querido y no se estremeció al enfrentarse a las lápidas en forma de cruz.

Que sencillo debía ser para el doctor Phoenix siempre estar en lo correcto.

Con los brazos llenos de flores, ambos se detuvieron frente a una lápida donde, al parecer, descansaban dos personas. La lápida parecía más fina que otras, hecha de un material blanco y esmaltado que la hacía relucir entre todas, dos nombres yacían grabados en ella junto a una pequeña inscripción: «Andrea y Gustavo Phoenix, amorosos y ejemplares padres».

—Hijo, te presento a tus abuelos —dijo el anciano con orgullo—. Cuando murieron dejaron instrucciones específicas, al parecer no podía escribir en su lápida lo pretenciosos que eran. Digo, sí eran amorosos, pero ¿ejemplares? no lo creo, no cuando criaron a un bastardo como yo.

—Usted no es *eso*—replicó Destan en un susurro.

El anciano le regaló una sonrisa ladeada.

—Ves las mejores partes de mí, en todo caso —dijo y procedió a observar la tumba con un pequeño suspiro—. Ellos siempre quisieron que tuviera un hijo y una esposa, pero siempre fui un novio terrible. Espero no ser tan mal padre.

—Usted es un padre increíble.

—¿Oíste eso, mamá? ¿Lo escuchaste, papá? —dijo el hombre con regocijo—. No lo estoy haciendo tan mal, no teniendo un hijo tan maravilloso como el que tengo. Algo debo de estar haciendo bien.

El doctor procedió a decorar la tumba con los pétalos de las flores con la ayuda del muchacho mientras le explicaba lo que significaba el primer y segundo día de noviembre: día de muertos, la fecha en la que los muertos retornan a casa y es momento de recuerdos y conmemoración.

—Mis padres se creían escoceses solo porque mi tátara tátara abuelo lo era, por lo que nunca celebramos el día de muertos como tal —le contó el anciano—. Sin embargo, me encantaría que tuviéramos algunas tradiciones, si estás de acuerdo.

—Eso me encantaría —confesó Destan con media sonrisa.

—Perfecto —el anciano le devolvió la sonrisa—. Entonces solo nos falta la ofrenda, sino me equivoco. No te preocupes, a mis padres también les encantaba el pan.

Pasaron un par de horas comprando montones de flores para lo que sería la ofrenda de día de muertos, otro evento de conmemoración según lo que decía el anciano. Buscaron las golosinas que la madre del anciano compraba a montones para comer a escondidas de su esposo y los puros que su padre compraba para fumar a escondidas de su esposa, llevaron refresco y una botella de vino, las rosas favoritas de su madre y los chilaquiles favoritos de su padre.

Todo hasta que terminaron en la panadería de Gaspar, decorada con papel picado y flores de cempasúchil. Al entrar a la tienda lo encontró pintado como lo que el anciano le había explicado que era un catrín, se encontraba haciendo pan de muerto en el momento exacto en el que Destan y el anciano entraron a la panadería y esbozó una de sus amigables sonrisas.

—Señor Phoenix, Destan, que agradable tenerlos por aquí hoy —les saludó él.

Destan elevó la mano torpemente mientras el doctor le sonreía secamente, en una postura que Destan genuinamente no entendía.

—Buen día —se limitó a decir y luego se dirigió a Destan—. Ahora, hablemos del pan que tienes que poner en mi ofrenda cuando me muera... —comenzó a revisar las estanterías, su vista se dirigió brevemente a la elaborada ofrenda que Gaspar había montado para su propia madre y le susurró a Destan—. En lo que escojo mi pan, deberías ofrecerle unas flores a su madre.

—¿Puedo hacer eso?

—No lo sé, pero yo me enamoraría con ese gesto.

—Eso es un juego sucio —dijo Destan, algo en ese plan no le agradaba.

—Es un juego, al fin y al cabo.

—Lo haré —se decidió Destan—, pero no para conquistarlo. Lo haré solo porque sé que fue una mujer encantadora.

—¿Ves? Debo ser un padre increíble para que tengas esa calidad moral. Yo lo habría hecho por motivos completamente interesados. Ahora ve, que todavía tenemos que hacer una lista del pan que habrá en mi ofrenda cuando me muera.

Destan rodó los ojos ante la declaración del anciano, pero no pudo evitar sonreír ante sus ocurrencias. Con él, nunca faltaban las sorpresas.

Tratando de no vacilar, se acercó hasta Gaspar, que continuaba preparando el pan de muerto y buscó no sonrojarse al tener la mirada del muchacho sobre él.

—¿Crees que pueda dejarle unas flores a tu madre?

Nunca había visto el rostro de Gaspar enrojecer tan ferozmente como lo estaba haciendo en esa ocasión. Por primera vez, fue Gaspar quien titubeó al aceptar y, aunque Destan habría querido observar ese cuadro durante toda la eternidad, por su propio bien, se apresuró a colocar algunas flores en el altar de la mujer cuya foto reposaba en el centro. Ella era radiante, tal cual Gaspar lo era.

—Gracias —musitó sin pensar diciéndole al retrato—. Hizo un trabajo increíble con él.

Estaba meditando la posibilidad de escribir cartas para sus abuelos y la madre de Gaspar en agradecimiento cuando Gaspar se acercó por detrás y lo abrazó con suavidad.

—Gracias a ti, Destan —susurró él—. Has hecho de todo mejor.

Motivaciones y futuro

Destan nunca había tenido interés en la noche; sí, había observado montones de luces hospedarse en el cielo a través de los ventanales del departamento del doctor Phoenix y había leído sobre astronomía en general, pero nunca habría imaginado que sentir el aire frío de la noche sobre su piel y detenerse a observar la infinidad frente a sus ojos, pudiera ser una auténtica experiencia.

Nunca pensó que algo tan insignificante pudiera ser tan maravilloso y no lo habría aprendido en los libros del doctor Phoenix. Al parecer no toda la vida la puedes vivir aprendiendo de los libros, son las personas las que traen las mayores experiencias y eso lo aprendió gracias a Gaspar y la sugerencia que brotó de sus labios durante una de sus salidas habituales.

Se reunió con Gaspar cuando ya había caído la noche y la panadería ya estaba cerrada. Con una bonita sonrisa, Gaspar tomó su mano mientras con otra cargaba una bolsa de plástico y lo guió durante un par de cuadras más hasta llegar a un pequeño edificio donde residía un grupo de ancianos que los saludaron amablemente y le recibieron gustosos la bolsa de plástico llena de pan con la que antes cargaba.

Sin que él preguntara o los ancianos se quejaran, lo guio escaleras arriba hasta la terraza llena de diferentes tipos de flores que crecían en un conjunto de macetas que tenían forma de gatos. Los rodeaba un pequeño muro de ladrillos con pequeñas luces colgando a su alrededor, ambientando el lugar.

—¿Alguno de ellos es tu pariente? —le preguntó Destan en voz baja.

—Si lo fueran, te los habría presentado uno por uno, pero no —le contestó Gaspar con una pequeña sonrisa—. Una de ellas era la mejor amiga de mi madre hasta que su esposo trató de golpearme por salir con su nieto. El año pasado, cuando falleció mi madre, nos encontramos en un grupo de apoyo, hicimos un poco las paces y aunque no nos agradamos demasiado, a sus hermanos les gusta el pan y a mí venir por aquí. Es un trato justo.

Destan estuvo de acuerdo con cada palabra.

—¿Vienes mucho aquí?

—Vivo encima de mi trabajo y aunque el parque está justo a lado, a veces necesito expandir un poco mi círculo.

—Entiendo.

Sin embargo, Destan no lo entendía. Destan no salía de «El Centenario» más allá que para ir al mercado, el parque o la panadería y en una ocasión, salió con el doctor Phoenix al cementerio porque sentía que debía presentarle a sus abuelos. Para Destan, el mundo era demasiado quieto y pequeño, estaba cómodo con su pequeño espacio en su pequeño mundo.

Gaspar movió algunas cosas en un pequeño gabinete entre todas las macetas de gatos, sacando de ahí una manta color púrpura y tendiendo la misma sobre el centro del suelo donde había un espacio libre. Se acostó en un costado, haciendo un ademán para que Destan hiciera lo mismo del otro lado y como él haría lo que Gaspar quisiera, no se demoró.

Entonces comprendió que la noche y las estrellas no eran lo que los libros decían. No eran únicamente "*una esfera de gas*", las estrellas, su brillo y variedad serían lo más cercano a la magia que pudiera llegar a conocer; en ellas podía ver la sofisticación del doctor Phoenix, el ingenio y la superioridad de su intelecto al igual que la fuerza, la vitalidad y la delicadeza de Gaspar. Podía ver los mejores detalles de quienes consideraba su familia.

Su rostro enrojeció ante el pensamiento. El doctor Phoenix y Gaspar realmente eran su familia. Gaspar entrelazó sus dedos meñiques, captando la atención de Destan.

—¿Algún pensamiento que quieras compartir, Destan? —le preguntó con cuidado y con los ojos llenos de curiosidad.

—Nada en particular —mintió por vergüenza pues no se suponía que debiera sentir tanto—. No sabía que las estrellas eran así de bonitas.

—¿Nunca habías observado antes las estrellas? —preguntó confundido, como si fuera algo cotidiano.

—Supongo que lo hice, pero no *así*.

Si antes lo hizo, no lo recordaba. Eran muy diferentes a como las había imaginado al leer tanto sobre astrología. Un destello de información relució entre sus recuerdos, no fue capaz de detener sus palabras.

—Es increíble como la muerte puede llegar a verse así.

Era increíble como él y las estrellas habían recibido el mismo llamado de la muerte, pero ellas se habían convertido en un espectáculo de luces que ilumina la noche y cautiva con su tragedia, él era un monstruo extraño cuyo reflejo era molesto observar en el espejo.

—Me has perdido por completo, Destan.

—Las estrellas están muertas —le explicó él—. Algunas, no todas. Las *"enanas blancas"* son núcleos en enfriamiento, pero no dejan de brillar y no lo harán pronto. Algunos de los libros de mi tío dicen que es el destino de todas las estrellas, algunos otros dicen que prácticamente ya han muerto. Es curioso.

—Oh —Gaspar suspiró con tristeza, lo que hizo sentir molesto a Destan consigo mismo porque no debería haber hecho sentir triste a Gaspar—. Supongo que es triste, pero eso demuestra que la muerte no es el monstruo que solemos creer que es. Es parte de la vida y nos motiva a vivir con la incertidumbre de no saber cuándo acabará todo. ¿Acaso no tienes miedo de morir arrepintiéndote de no haber vivido?

—Supongo que no —confesó antes de poder meditarlo.

—¿Entonces qué es lo que te motiva?

"No tener una escapatoria factible no te motiva, pero te atrapa", pensó para sus adentros, aunque por dentro él sabía que una parte de ello era una mentira. Sabía que el juego acababa para él cuando el doctor Phoenix no pudiera resistir más; así lo pensaba a menudo. ¿Qué haría Destan con una solitaria eternidad por delante? Si trataba de imaginarlo, no había nada. Él solo estaba ahí en ese momento porque el doctor Phoenix lo había elegido salvar, no había motivo externo.

—Vamos, Destan —insistió Gaspar con una amigable sonrisa—. Cuéntame algo sobre tus sueños, ¿qué es lo que quieres para tu futuro? ¿Serás un científico como tu tío?

Destan contuvo una pequeña risa al escuchar la sugerencia de Gaspar. Le hacía tanta gracia que podría dejar que las carcajadas lo ahogaran, pero no quería que Gaspar, estando tan cerca de él, pudiera ver el horror de sus horribles dientes puntiagudos.

—Para eso tendría que ser inteligente.

—Acabas de explicarme lo que es una estrella muerta, prácticamente —replicó Gaspar con el ceño fruncido—. ¿Me dirás que no eres un genio?

—No soy un genio, simplemente me gusta leer.

—Seguirán habiendo libros cuando tu tío ya no esté, lo sabes, ¿no? —dijo Gaspar en un suave susurro, pero Destan no entendió a qué se refería por lo que se giró a mirarlo con desconcierto—. Nunca me dijiste cuál era tu motivo para vivir, así que asumí que se trataba de tu tío. Él es todo tu mundo, ¿no es así? Digo, nunca has hablado de tus padres o alguien más...

—Porque no tengo a nadie más —le confesó Destan, omitiendo el *"además de ti"* que bailaba en la punta de su lengua—. Mi tío es lo más cercano que tengo a un padre y sí, él es todo mi mundo. Lo seguiría a donde fuera.

—Lo entiendo, aunque no lo creas, de verdad —le prometió Gaspar, esta vez sujetando su mano completa con fuerza—. Él no querría que lo siguieras.

—¿Cómo sabes eso?

—Porque ningún padre quiere que su hijo se rinda a la vida —contestó y Destan sabía que eso sonaba un poco acorde al doctor Phoenix cuando no estaba divagando—. Oye, no nacemos después de ellos para ser nosotros los que mueran primero. Antes de que mi madre muriera, yo también pensaba que el mundo se acabaría cuando ella ya no estuviera, al menos el mío. Ella, sin embargo, quería que cuidará la panadería, que cumpliera todos los sueños que tenía cuando era un niño y tuviera una familia, como siempre quise.

—¿Y si no tengo ningún sueño? —se atrevió a preguntar, siempre había sido consciente de que los sueños eran esperanza y la esperanza era algo que podían tener los humanos, no una cosa muerta como él—. No recuerdo haber soñado nunca con prácticamente nada.

—Nunca es tarde para comenzar a soñar —contestó Gaspar, sujetando con más fuerza su mano—. Está bien si todavía no sabes a qué te quieres dedicar o que quieres hacer con tu vida, sea lo que sea que quieras hacer, tu tío estará orgulloso donde sea que él esté y no porque él se vaya. Tiene que dejar de ser tu motivación porque en unos años podrías ser un increíble y reconocido científico o un profesor de literatura en un prestigioso colegio o lo que tú quieras y él estará orgulloso mientras haya una sonrisa en tu rostro.

Irremediablemente, Destan sintió sus ojos arder y se mordió el interior de la mejilla, creyendo completamente en Gaspar, pero sin saber cómo llamar al montón de sentimientos que se arremolinaban en su pecho hueco.

—Está bien estar triste —le susurró Gaspar con un toque de ternura—, pero la pérdida es inevitable. Lo importante es saber que él estará donde esté tu corazón, en cada detalle de tu vida. Si vivieras una eternidad, él viviría esa eternidad contigo. Brillaría para tu cielo, Destan.

Tratando de omitir un pequeño ruidito que brotó involuntariamente de su garganta se sentó abruptamente. Sus ojos ardían todavía, pero Gaspar no lo dejó tallarse los ojos cuando se sentó también y lo abrazó con fuerza, pasando las manos por sus mechones de cabello de y aferrándose como si pudiera protegerlo de un peligro que Destan desconocía.

—Sé que tienes miedo, pero estoy seguro de que su único miedo es dejarte solo, demuéstrale que todo estará bien —continuó diciéndole Gaspar con dulzura—. No vas a estar solo nunca, Destan, te lo prometo. Estaré aquí para ti todo el tiempo que quieras que me quede.

Con una eternidad por delante, las palabras *"siempre", "nunca"* y *"futuro"* no podrían ser más aterradoras, pero esa noche, con las estrellas brillando encima de ellos y envuelto en los brazos de Gaspar, eligió creer que el doctor Phoenix continuaría brillando para él incluso cuando ya no estuviera a su lado, que las promesas de Gaspar podían romper maldiciones; esa noche no se sintió como el terrible monstruo que sabía que era.

Sentirse como un niño asustado, pero lleno de esperanzas, lo hizo sentir que era normal por un pequeño momento.

El deber de ser un padre

Nunca había tenido que reprender a Destan, al menos no severamente.

Esa noche, sin embargo, sabía que era su deber como padre establecer un límite y exigir respuestas, pues Destan solía ponerse nervioso para salir, pero de pronto desaparecía a mitad de la noche. No sabía si era un aspecto reciente, André había estado al pendiente, era capaz de escuchar el sonido de Destan pasando las páginas de sus libros por las noches si prestaba la suficiente atención, pero de pronto, no hubo nada.

Ni siquiera estaba seguro de saber cómo Destan había salido sin que él lo pudiera escuchar como regularmente lo hacía, lo que significaba que Destan había sido cuidadoso y se había escapado; si había sido así de cuidadoso para salir, estaba seguro de que volvería con la intención de no obtener represalias. Lo sabía porque, incontables veces, fue él quien se escabulló fuera del piso con sus padres durmiendo en la habitación contigua a la cocina.

Lo que realmente le preocupaba era no saber dónde estaba Destan y lo ingenuo que sabía que podía llegar a ser su hijo no dejaba de rondar en su cabeza. Mientras aguardaba en la oscuridad de la sala de estar, no podía dejar de reprenderse a sí mismo por no haber enseñado a Destan a moverse mejor entre la gente y se regañaba a sí mismo por lo imprudente que era mandar a las calles a alguien socialmente inútil.

En su defensa, estaba ocupado tratando de enseñarle a usar mejores herramientas en vez de enseñarle a hablar con la gente, ya que mucha de esta no valía la pena a los ojos del anciano. A medianoche podía pensar diferente. *Si su hijo no sabía comunicarse y resultaba extraviado...*

Sus pensamientos se conectaron con la realidad en el momento que escuchó la puerta principal abrirse. Destan se veía bastante tranquilo en comparación a otros días cuando regresaba realmente ansioso del mercado o de la misma panadería. Abrió los ojos con sorpresa al descubrir al doctor sentado en la sala de estar y el doctor, que siempre había sido firme y cuidadoso cuando se trataba de Destan, se quedó mudo.

No sabía cómo reprender a Destan de verdad.

—¿Qué hace aquí? —preguntó Destan con el ceño fruncido—. ¿No debería estar en la cama? Su ciclo de sueño es de diez a ocho.

"*¿Duermo diez horas al día?*", se preguntó el anciano para sus adentros. A veces era realmente inconsciente. Que Destan lo tuviera así de medido lo hizo centrarse en su verdadero objetivo al esperar ahí en la sala de estar hasta después de la medianoche.

—Yo soy el adulto aquí —remarcó el doctor, provocando que Destan elevará las cejas sin comprender—, por lo que, quien debe de dar explicaciones eres tú. ¿Por qué te escapaste, Destan?

—No me escapé —se apresuró a decir, mostrando una expresión de horror ante la acusación—. Lo prometo, ni siquiera lo pensé. Planeaba volver...

—Escapar no es un evento precisamente permanente, Destan —le explicó el doctor, casi queriendo reír por las expresiones de horror de Destan—. ¿Saliste o no sin permiso después de la hora de dormir?

Destan hizo una mueca, su rostro enrojeció y se rascó la nuca con nervios.

—No sabía que tenía que pedir permiso. Si salgo durante el día, usted ni siquiera pregunta —se explicó Destan.

Definitivamente, André Phoenix era incapaz de reprender a Destan, sobre todo cuando lucía así de arrepentido frente a sus ojos.

—Es diferente —le continuó explicando el doctor—. El día es para aprovecharse, la noche para descansar. Si vas a salir, es adecuado pedir permiso con tu autoridad, que se la pasará inquieto durante el tiempo que no estés en casa porque la noche es peligrosa; la gente se esconde con mayor facilidad en las sombras de la noche.

—Técnicamente, soy una criatura de la noche.

—Eres un niño de casa —replicó el doctor—. ¿Una criatura de la noche? ¿Qué clase de libros estás leyendo estos días? ¿Qué estabas haciendo afuera pasando la medianoche?

—Mirando estrellas —contestó Destan con el rostro cada vez más enrojecido.

—¿Con quién?

—¿Se supone que deba hacerlo con alguien...?

—Tenemos un telescopio en la terraza, Destan. ¿Con quién saliste? —por la forma en la que la sangre se le subió hasta las orejas, no fue difícil adivinar para el doctor—. Te dije que invitaras a Gaspar por un café, no que te escabulleras en la madrugada con él.

—¡Esa ni siquiera fue mi idea! Hasta hoy, pensaba que las estrellas eran estúpidas.

—Comienzo a creer que tú eres el estúpido.

—¡Eso no es justo!

—Probablemente no, pero no me voy a retractar. Hoy me has metido un buen susto, Destan —le reprendió, haciendo que Destan bajara la cabeza como un niño regañado—. La próxima vez que Gaspar tenga la brillante idea de pedirte que te escabullas, deberías recordarle que tú no eres como él. Eres más joven y tonto —hizo una pausa, queriéndose negar a decir palabras que no se supone que debiera decir en voz alta—. *Pareces un adulto, pero eres un niño; él parece un niño, pero es un adulto, no olvides eso* —se arrepintió incluso antes de decirlo, pero el segundo en el que decayó el rostro de Destan no hizo más que querer borrar las palabras de su boca—. La próxima vez, que venga por ti y pida permiso. Así al menos podré responsabilizarle si haces algo tonto.

Afortunadamente, eso reavivó el semblante defensivo de Destan. Le agradaba más verlo desarrollar un carácter que verlo con esa mirada angustiosa en su rostro que le hacía sentir sumamente culpable.

—Eso sigue sonando injusto. Tengo como veinte años —replicó Destan.

—¿Dónde puedo corroborar eso?

—¡Usted lo dijo!

A veces era mejor fingir demencia.

—Francamente, no lo recuerdo.

—Pero usted... —Destan ni siquiera lo intentó, frunció el ceño enfurruñado y se cruzó de brazos.

El doctor rodó los ojos. ¿Tan rápido habían llegado a esta faceta adolescente de constante réplica y rebeldía? Estaba dispuesto a dejarlo pasar, no es como si él hubiera sido un adolescente tolerable. Para su sorpresa, el estado de humor de Destan fácilmente se disipó y lo demostró dándole un delicado abrazo al doctor.

No recordaba haber abrazado a su padre después de los quince. Sin embargo, quería recordar haber abrazado a su hijo después de los veinte.

—No quería preocuparte. Lo siento de verdad.

El doctor Phoenix sabía que decía la verdad. Algo debía de estar haciendo bien, con un hijo honesto, respetuoso y considerado. Liberó toda la preocupación que se había oprimido con anterioridad en su pecho por medio de un suspiro y se permitió abrazar a su hijo, sabiendo que todo estaría bien.

Deseos con olor a canela

Destan desconocía que los divagues y las fantasías podían convertirse en elaboradas obras de ficción con drama y elementos poco coherentes guiando la narración a través de un personaje completamente inventado. Conocía a los libros por las figuras célebres que ilustraban, los avances tecnológicos y las teorías que el doctor Phoenix le dijo que eran relevantes para la vida.

La ficción definitivamente era más entretenida. Se trataba de una montaña de emociones que lo llevaba desde el más alto regocijo hasta el más bajo de los enojos, ya fuera porque el protagonista estaba consiguiendo sus objetivos o porque era algo estúpido.

—¿Qué estás haciendo? —le preguntó el doctor, apareciendo de imprevisto en la cocina.

Destan se guardó rápidamente el pequeño libro detrás de sí mismo, sospechando que al doctor no le gustaría que dejará de leer libros científicos y coherentes por leer una novela que casi rayaba en lo ridículo. El doctor le observó con el ceño fruncido desde el umbral de la cocina y Destan se apresuró a buscar una excusa; el envase de vidrio con los rollos de canela que Gaspar le había dado esa mañana lo auxiliaron.

—Estaba por ir a ofrecerte pan —sonrió Destan con astucia—. Olvidé decirte que Gaspar te mandó rollos de canela esta mañana.

—¿Esta mañana? —preguntó el anciano desorientado—. Pensé que recién habías regresado. ¿Qué estás haciendo en la cocina? ¿Te estás comiendo las reservas a escondidas? Ya te dije que buscaré algún aperitivo que puedas consumir, no tienes que...

—No estaba comiendo —replicó Destan con el ceño fruncido; no comería las reservas por cuenta propia.

—¿Entonces qué estás haciendo aquí? Hasta hace un momento, pensé que seguías en la panadería.

Lo cierto es que esa era la intención que tenía por la mañana y eso le dijo que haría al doctor. Sin embargo, cuando llegó a la panadería, se encontró con un Gaspar muy atareado (y que parecía haberse vuelto loco) que tenía que terminar tres pasteles antes de que anocheciera. Destan incluso se había ofrecido a ayudar con una tímida sonrisa, lo que hizo que Gaspar se detuviera por un momento y le observará de forma que Destan no sabría describir.

—Eso es muy dulce de tu parte —le sonrió Gaspar, luego suspiró—, pero ni siquiera sabes cocinar lo básico.

—Podría aprender —contestó Destan—. Aprendo rápido.

—Sé eso y creo que podría enseñarte —dijo tranquilamente Gaspar—. Te enseñaré, pero justo ahora no puedo y, además, necesito que me hagas un pequeño favor.

Destan haría lo que fuera. Le sorprendió que la tarea fuera tan sencilla como llevarle más pan del usual al doctor. Nunca antes había visto algo similar a los rollos de canela, pero debía decir que la canela en sí olía bien por sí sola y que de no haber querido evitar un agrio sabor de boca, les habría dado un mordisco a los rollos de canela.

De alguna manera, Gaspar lo notó.

—Ni te atrevas a morderlos, son para tu tío —le advirtió Gaspar.

—No lo haría —replicó Destan rápidamente—. Huelen delicioso, pero no lo haría. ¿Por qué le estás mandando pan a mi tío? Él ya compra como un kilo al día.

—Él no hace eso, estás exagerando —comenzó a reír Gaspar—. Además, es una disculpa.

—¿Una disculpa?

—Por ese día en que te escapaste.

—¡No sabía que debía pedirle permiso, nunca lo había hecho! —Gaspar continuó riendo mientras las mejillas de Destan rápidamente se teñían de un fuerte tono rojo—. En todo caso, es mi culpa, no tuya.

—Creo que los dos fuimos algo inconscientes —dijo Gaspar en su lugar, ignorando cualquier réplica proveniente de Destan—. Además, quiero que esté feliz. Así te deja ir conmigo a la ciudad el fin de semana.

Destan se sorprendió al escuchar la declaración de Gaspar. No tuvo tiempo de pensar en ello porque Gaspar le pidió un momento, salió de la panadería y en cuestión de segundos regresó con una pequeña pila de libros viejos, todos sobre ficción.

—¿Qué es esto? —preguntó Gaspar, todavía más confundido.

—Te gusta leer —comentó Gaspar como si fuera un detalle obvio—. Solo quiero saber que tan abierto estás en el mundo de la lectura. Quien sabe, podrías terminar siendo un increíble doctor como tu tío o escribir tus propios libros.

—Tendría que ser excesivamente inteligente para ello.

—No, estoy seguro de que no y de ser así, sé que igual podrías —le sonrió Gaspar.

De pronto cargaba con el pequeño montón de libros y el olor de los rollos de canela bailaba alrededor de sus fosas nasales, desconcertando un poco a Destan al igual que la idea de tener un futuro en el que pudiera rodearse de libros. Su cabeza vagaba entre el comentario de Gaspar sobre enseñarle a cocinar y la petición en los rollos de canela; Gaspar quería llevarlo a la ciudad, lo que sea que eso pudiera significar.

Destan quería todo eso. Quería ir a la ciudad, aprender a cocinar, leer, estudiar y trabajar. Quería una vida normal, quería que su padre se sintiera orgulloso de él y que le viera crecer, quería que Gaspar se pudiera quedar a su lado durante todo el tiempo que fuera posible para los humanos. No sabía cómo se sentía Gaspar al respecto, pero sabía que al menos quería congraciarse con el doctor Phoenix por el bienestar de Destan y que le interesaba su futuro. Un futuro en el que Destan realmente nunca había pensado.

Gaspar depositó un fugaz beso en su mejilla antes de insistir en que volviera a casa para llevar los rollos de canela calientes. Destan quedó tan aturdido que no podía dejar de pensar en el olor de canela y todo lo que la interacción apresurada con Gaspar había significado para él. Porque los sueños, los anhelos y los deseos tienen olor a canela.

Sencillamente, se olvidó de todo. Abrió un libro y se perdió entre sus palabras con más facilidad que con la que podría descifrar el montón de emociones que suscitaron en él esa mañana. Hasta que el doctor Phoenix lo regresó a la realidad de golpe, como era habitual en su rutina.

—Pensé que ya no divagabas —replicó el doctor al cabo de un rato de no recibir ninguna respuesta por parte de Destan.

—Lo siento —se apresuró a decir—. Me distraje, es solo que hay mucho en mi cabeza...

El doctor Phoenix elevó una ceja retadoramente.

—¿Otra vez se trata de Gaspar?

—En parte —contestó rápidamente—, pero no puedes juzgar, te mandó pan y me prohibió morderlo antes que tú, como si yo fuera a hacer eso.

—Yo personalmente me lo habría comido todo antes de entregárselo a mis padres.

—Eso es un poco cruel —murmuró Destan con una mueca—. Sin embargo, no se trata solamente de Gaspar.

—¿Me dirás de qué se trata entonces?

Se negaba a ser un mentiroso. Ni siquiera sabía si omitir información lo hacía un mentiroso, pero si al menos con el doctor Phoenix podría ser del todo honesto porque él estaba más cerca de entender que nadie, se arriesgaría. Con un suspiro dejó de esconder la novela de ficción que había estado leyendo con anterioridad, provocando curiosidad en el doctor.

—¿Me puedo dedicar a esto? —le preguntó en un susurro.

—¿A leer? Supongo, para eso son los editores.

Eso sonaba a una excelente segunda opción, pero Destan negó rápidamente y se acercó más al profesor, mostrándole que no era un libro más sobre hechos científicos.

—Me refiero a escribir, pero no como científico —murmuró, sintiendo la vergüenza apoderarse de él—. Me gustan los libros científicos, pero creo que no podría ser un gran científico y Gaspar me consiguió estos y son un poco ridículos, pero creo que es realmente increíble poder crear algo así y...

—Destan, tú te puedes dedicar a lo que tú quieras —le interrumpió el doctor Phoenix, colocando una mano sobre su hombro—. No es que yo sea muy fanático de la ficción, pero eso no es mi asunto. Sé que lo harás muy bien. Solo asegúrate de vender tu trabajo, no tu alma. Afortunadamente, quiero pensar que los escritores son más nobles que los científicos, así que sí, puede que eso vaya contigo.

—¿Lo dice en serio?

—No sé si nos hemos estado comunicando mal, hijo —murmuró el hombre con sigilo—, pero no soy un fanático de las bromas. Te lo digo en serio.

Piensa en lo que quieres, de todas formas, nada te impide estudiar más de una carrera y posees mucho tiempo de sobra —dicho esto, comenzó a darse la vuelta en dirección a los rollos de canela—. Quien sabe, podrías meterte a estudiar medicina solo para tener completo el perfil de alguno de tus personajes protagonistas. Eso sí sería calidad, hijo.

Destan comenzó a reír ante el comentario del anciano. Pronto los dos se encontraron sentados en la pequeña mesa del comedor, con el doctor Phoenix comiendo gustoso sus rollos de canela y con Destan a su lado, contándole cada detalle de la novela que estaba leyendo. El olor a canela se quedó impregnado en su memoria, al igual que todos sus anhelos y deseos.

De galas y títulos

El doctor Phoenix se encontraba por completo en su ambiente. Destan se encontraba impactado, lo había estado desde la mañana, cuando el doctor Phoenix se tomó una dudosa cantidad de pastillas para el dolor diciendo que sus órganos internos podrían soportarlo por una ocasión y, de repente, apareció en el umbral de la habitación de Destan vestido con un elegante traje color zafiro y con un traje gris, en sus brazos, el color era bastante similar a los ojos de Destan.

—¿No es eso muy caro? —preguntó desconcertado al ver lo nuevo que se veía.

—Pues sí, de eso se trata —dijo el anciano, mirando a Destan como si hubiera hecho una pregunta tonta—. Vamos, cámbiate, tenemos mucho que hacer hoy.

Destan ni siquiera sospechaba de que se trataba toda la efusividad del doctor Phoenix, él no había salido del departamento más que en una única ocasión cuando celebraron el día de muertos y el anciano no se veía así de galante en el momento en el que fue a visitar a sus propios padres al cementerio. Igualmente, se vistió y abandonó «El Centenario» del brazo de su adorado mentor aunque él no necesitaba el apoyo para caminar, los medicamentos adormecieron el dolor de su columna y utilizaba un bastón con un león tallado en la parte superior y sonreía por la calle con aire de autosuficiencia.

—¿No es algo rebuscado? —murmuró Destan con suavidad.

—Deja a un anciano ser cuan rebuscado quiera ser —pidió él sin tomárselo a mal—. Tienes una eternidad por delante para ser lo que quieras ser y luego cambiar de opinión, yo no me voy a arrepentir en mi lecho de muerte de no haber sido un anciano rebuscado.

Destan eligió no darle la contra. Además, el anciano parecía feliz y eso le bastaba.

Por primera vez, mientras recorrían las calles de la ciudad, Destan estaba siendo observado por la gente que caminaba ansiosamente hacía sus trabajos y demás, pero no estaba siendo observado únicamente él. El doctor Phoenix a su lado lo hacía sentir como si una estrella hubiera descendido del cielo nocturno y con burla se estuviera paseando por la ciudad. Era todo un espectáculo, pero era un buen obstáculo. Al menos eso pensaba debido a las miradas asombradas y los susurros medio sonrientes, similares a las sonrisas amables de Gaspar.

—¿Me dirá a dónde vamos? —preguntó una vez que se internaron en un pequeño parque similar al que se encontraba contiguo a la calle de su hogar.

—Oh, sí, lo había olvidado por completo —comentó él, una pequeña risa brotó de sus labios—. Me preguntaste si podías dedicarte a la escritura y dado que tienes muchísimo por delante, no veo porque no puedas comenzar a estudiar esto y luego otra cosa y así. Tenemos el dinero así que...

—¿Estamos buscando universidad? —preguntó, deteniéndose en medio del parque.

No lo vio venir en absoluto.

—¿Quieres que lo hagamos? Digo, no pensé que fuera necesario a menos que quieras mudarte al extranjero... —dijo el anciano sin perder la convicción—. Cosa que podemos hacer si eso quieres, no te preocupes...

—¡No, no es el caso! —dijo Destan apresuradamente—. Pensé que buscaríamos universidades en la ciudad.

—Claro, pero pensé que querrías ir a la mejor universidad de la ciudad... —siguió diciendo el doctor—, pero si quieres una pública, está bien. Estaba pensando más en la tradición y esas cosas...

—¿*Tradición*?

Destan estaba cada vez más confundido y el doctor lo notó.

—Hice algunas llamadas con la universidad a la que asistimos mis padres y yo —confesó el anciano, un pequeño sonrojo apareció en su rostro—. Si quieres buscar por otro lado...

—No hay otro lado mejor para mí que el que tu elijas —dijo sin pensar, provocando que el anciano frunciera el ceño.

—No tienes que querer lo mismo que yo.

—No lo hago —sonrió Destan—. Sé que quieres lo mejor de lo mejor para mí y yo te quiero complacer. Además, voy a estudiar algo que genuinamente creo que me gustará y voy a tener tu apoyo, ¿qué más puedo querer?

El semblante del anciano se suavizó al comprender que Destan en realidad veía todo el asunto con simpleza: debido a que no sabía nada sobre universidades, que el doctor eligiera la suya era lo que menos importaba mientras pudiera estudiar lo que quisiera. Todavía tenía un mundo por delante para él, después de todo.

—¿Los abuelos estudiaron cerca de aquí entonces? —se animó a preguntar sin saber si era correcto.

Eso reanimó al anciano en cuestión de segundos, entrelazó su brazo con el de Destan y reanudaron el paso. Lentamente se fueron acercando a un enorme edificio con pinturas murales relacionadas con eventos históricos de la ciudad que no le hacían perder la seriedad al lugar.

—Pues sí, de hecho, serás la tercera generación de Phoenix en asistir —dijo el anciano tranquilamente—. Durante algunos años fui profesor aquí, así que tengo una amplia red de contactos que me interesaría compartir contigo, ya sabes, en caso de que un día ya no esté.

—¿Es necesario pensar en ello? —preguntó con una mueca.

—Si, hijo —dijo con suavidad—. Es necesario que aprendas a moverte en mi ausencia.

Dicho esto, procedieron a entrar al edificio que, pese a no ser un día laboral, estaba bastante lleno con algunos alumnos terminando sus trabajos y personas importantes esperando por ellos. El doctor Phoenix se veía por completo en su ambiente mientras era recibido por antiguos colegas o alumnos que se convirtieron en docentes, casi podía compararlo con un pavorreal por lo fácil que caminaba regocijándose orgullosamente de quien era y de su hijo, que pronto comenzaría con sus estudios universitarios ahí mismo.

Parecía orgulloso de ser padre y tener un hijo increíble.

Destan se regocijaba también, pues tenía un padre increíble.

Lo eres todo

Hasta donde Gaspar sabía, el examen de admisión para la universidad de Destan era una mera formalidad debido a que era una universidad particular y todos querían congraciarse con el doctor Phoenix, pero en cuanto Destan le contó que el doctor quería que estudiara una licenciatura en escritura creativa en la universidad donde él estudió cuando más joven, Gaspar lo decidió: quería estar ahí a su lado.

—En realidad es un examen diagnóstico —le explicó el doctor al cabo de un rato—. Es para medir sus aptitudes y saber en qué grupo lo van a colocar. Algunos jóvenes, por más adinerados que sean, tienen la cabeza bastante hueca.

Dudaba que Destan perteneciera a ese porcentaje. Lo había visto leer libros de manera tan fluida que sospechaba que leía más de lo que respiraba.

—Creo que él lo hará increíble —declaró Gaspar y el doctor asintió con una sonrisa.

—Concuerdo contigo.

No hubo tiempo para comentar nada más, aunque no habría sabido qué decirle al anciano. Los últimos veinte minutos desde que se habían encontrado en el pequeño parque de la universidad de la ciudad (hasta donde Gaspar había entendido y se notaba bastante), habían transcurrido en silencio. Destan apenas y mencionó sus nervios y el anciano le dijo que no debía preocuparse porque siempre había estado estudiando demasiado.

Hasta unos días atrás, no sabía que Destan no estaba estudiando en la universidad, una parte de sí mismo simplemente lo asumió. Sin embargo, Destan llegó a la panadería días atrás muy emocionado porque el doctor Phoenix no solo le había dicho que podía estudiar lo que sea que él quisiera, sino que se había levantado de la cama, habían salido juntos del departamento y habían ido a una reunión a la universidad donde había estudiado e impartido clases el anciano y tenía que presentar un examen para su admisión.

Gaspar mismo se sorprendió cuando le preguntó si alguien podía acompañarlo. El rostro de Destan enrojeció cuando prometió preguntar al doctor

Phoenix y una extraña alegría recorrió el pecho de Gaspar cuando Destan le dijo que, de hecho, el doctor le dijo que podía acompañarlo y ambos podrían esperar afuera. Los días posteriores se la pasó ayudando a Destan a estudiar o al menos intentó debido a que a temprana edad supo que no estaba muy interesado en una carrera universitaria y sabía que su madre no podía costearla.

Mientras esperaba por Destan, Gaspar podía darse cuenta de que no le agradaba demasiado al anciano. Pero, por algún motivo, quería agradarle.

No hubo tiempo para intentar, transcurridos veinte minutos de que inició el examen, la puerta junto a la que habían estado esperando en el corredor de la universidad se abrió de par en par, mostrando a un hombre de aproximadamente treinta años (que asumió era el profesor), con una enorme sonrisa plasmada en sus labios mientras Destan salía con las mejillas sonrosadas.

—Profesor Phoenix —se dirigió inmediatamente al anciano—. No sabía que su muchacho era un genio. Tardé más revisando sus respuestas que él en contestar.

Gaspar sonrió con autosuficiencia al escuchar las palabras del profesor, sabía que Destan conseguiría lo que fuera que se propusiera.

El anciano se pavoneó con la noticia, iniciando una inmediata conversación con el profesor que, asombrado, le dijo que Destan había contestado todo en tiempo récord, mencionando datos que incluso tuvo que buscar en internet para corroborar porque él mismo no estaba tan informado, y que, dentro de todo, Destan había conseguido acertar a todas las preguntas. Al parecer, había decidido asignarlo al grupo de avanzados, aunque el semestre todavía no había empezado.

—Te mandaré la lista de pendientes de inmediato —dijo el profesor con gran entusiasmo—. Nos encantaría que empezará cuanto antes y que se ponga al corriente para no atrasarse más...

Continuaron con la conversación ignorando que ambos jóvenes estaban ahí. Fue en ese momento en el que Gaspar aprovechó para abrazar con suavidad a Destan, con la cabeza del más bajito debajo de su mentón. Podía imaginar su rostro sonrosado por la vergüenza, pero no hizo ningún ademán de alejarse, al contrario, correspondió el abrazo tentativamente.

—Sabía que eras un genio —sonrió Gaspar.

—No sabía que podía ser inteligente o algo así.

—Ahora ves que lo eres —susurró Gaspar, para que solo Destan pudiera oírlo; merecía oírlo y saber que las palabras le pertenecían a él—. *Eres todo, Destan.*

Destan se apartó del abrazo para observar a Gaspar de frente, algo en su mirada indicaba que algo se estaba gestando a su alrededor y aunque Gaspar moría por saberlo, el doctor Phoenix, con su notable desagrado por Gaspar, interrumpió la interacción metiéndose en medio de los dos.

—Deberíamos ir a festejar, conozco un restaurante maravilloso.

Dicho esto, ambos jóvenes rieron nerviosos y caminaron a la par del anciano que, después de despedirse de su antiguo alumno, parecía muy ansioso por alejarse de la universidad.

Vivir con miedo no es vivir

Durante casi veintidós años de su vida, su madre fue su mundo entero. Probablemente nunca tuvo ropa de marca, la gente le miraba por encima del hombro, los padres tenían miedo de que sus hijos fueran sus amigos y la tía Isabella directamente no lo consideraba parte de su familia después de que un verano se le escapó cuando se suponía que debía quedarse todo el verano, pero, para Gaspar, su madre era suficiente.

Todo lo que quedó de ella había sido la panadería; el pequeño hogar que ella había construido para él y el motivo por el cual Gaspar no había abandonado aquella ciudad y sus constantes desplantes. Ese pedazo de su madre era la razón por la que todavía se seguía esforzando y asistía a la terapia grupal en la iglesia más cercana a la panadería una vez a la semana.

Era la persona más joven ahí. La mayoría de las personas de su edad, al parecer sabían cómo lidiar con el duelo solos o tenían a alguien gustoso de acompañarlos en el trayecto. En un principio no tenía a nadie que lo sujetara de la mano y le dijera que todo estaría bien, así que recurrió al grupo de ayuda; no estaba seguro de que pudiera funcionar hasta después de un tiempo.

No es como que haya dejado de extrañar a su madre o como si su mundo hubiera estado completo nuevamente, pero observar las arrugas en los rostros ancianos de sus solitarios compañeros de terapia, observar el brillo en sus miradas ante una historia juvenil y recibir un eventual abrazo con olor a experiencia, lo hacía sentir más cerca de su madre, incluso cuando su madre no había superado los cincuenta años; incluso en sus últimos días ella todavía poseía un juvenil brillo en su mirada.

Gaspar tenía mucho que contar sobre su madre, cualquiera que le conociera sabría que siempre la tenía en mente y, con el tiempo, hablar de ella había sido como hablar de su superhéroe favorito (cosa que sí era), pero prefería utilizar su tiempo de terapia hablando de todo lo que querría contarle a ella si pudiera tenerla frente a él.

—Conocí a un chico —comentó durante una de sus sesiones semanales, imaginando con facilidad que los ojos de su madre le observaban junto al resto de los ancianos cuyos otros se iluminaron al escuchar la novedad—. No me siento solo cuando estoy con él.

Era gracioso. La soledad nunca le pareció mala. No había sido un muchacho con muchos amigos ya que los padres no se sentían seguros dejando a sus hijos con Gaspar, no conociendo sus preferencias y que su familia se reducía a su madre; entonces, cuando ella se fue, él se quedó solo. No descubrió la fuerza de la presencia de su madre hasta que ella no estuvo más a su lado.

Nadie nunca fue capaz de ocupar el enorme espacio que ella dejó y nadie, nunca, lo sería. Le dejó mucho tiempo para sentirse solo hasta que Destan hizo acto de presencia. Desde el primer momento, pudo sentirse más cerca de alguien, aunque había mucho entre los dos que no sabía cómo expresar.

Era fácil querer a Destan Phoenix y, lo más maravilloso de todo: Destan Phoenix no tenía miedo de quererlo.

—Tu madre sería tan feliz —mencionó Doris, una de las señoras de mayor edad que había estado presente desde el primer momento en el que Gaspar se presentó.

Había estado tan desorientado que se había tentado a renunciar a todo y salir corriendo sin mirar atrás. Doris lo recibió con los brazos abiertos, midiendo la mitad de lo que media él, pero poseyendo toda la fuerza que necesitaba para mantenerse en pie. Lo sostuvo, lo guio hacía su pequeño círculo de ancianos que miraban atentos a su llegada y escucharon. Escucharon tanto que pronto las voces de los ancianos parecían ser los conductos mediante los cuales su madre se comunicaba con él.

—Sabiendo como era Gloria, ella ya estaría planeando una boda —otra anciana comenzó a carcajearse genuinamente mientras se limpiaba una pequeña lágrima.

Lorena había sido la mejor amiga de su madre, cuando su madre hacía voluntariado en un albergue para ancianos los fines de semana y cuidaba al esposo ya fallecido de Lorena. Se volvieron las mejores amigas, Lorena estuvo en cada uno de los cumpleaños de Gaspar hasta que cumplió los trece años y sucedió lo peor; Lorena tenía un nieto un par de años mayor que Gaspar, pero, aun así, se dictaminó que Gaspar era el "incitador" y uno de sus hijos lo golpeó hasta dejarlo inconsciente. En esa ocasión, Gaspar y su madre casi lo habían perdido todo. Su madre lo mandó durante el verano a casa de su tía en lo que ella calmaba el asunto, pero Gaspar se escapó y, dado que lo único que le quedaba era la esperanza, decidieron sobrevivir con ello antes de perderlo todo a manos de un necio intolerante. Su madre debió haber hecho algo, porque ni el sujeto ni su familia los volvieron a visitar, pero Gaspar no sabía que había hecho.

Se reencontró con Lorena en el grupo de ayuda, pues su esposo había fallecido un par de años atrás y se había enemistado con la mayor parte de su familia. No se llevaban bien, pero habían hecho las paces; Gaspar le llevaba pan a Lorena y a sus hermanos, ella le dejaba descansar en su pequeña terraza.

Sin embargo, Lorena recordaba a la madre de Gaspar con genuino amor.

—Es más, estaría peleando con el sacerdote local en este mismo momento —insistió Gloria, haciendo reír al resto de los ancianos e incluso a Gaspar porque quien había escuchado sólo un poco con ella, sabía que lo hubiera hecho.

La magia de los ancianos era que se habían cansado de juzgar. Si estaban ahí, dispuestos a hablar de sus fantasmas con un montón de desconocidos, estaban dispuestos a escuchar y habían escuchado tanto de Gaspar que incluso consideraba que una parte de sí mismo les pertenecía a ellos. ¿Cómo no hacerlo cuando cada uno de ellos estaba contento con saber que él ya no estaba solo?

—Es bueno saber que todavía tendrás a alguien cuando nosotros tampoco estemos aquí —dijo uno de los ancianos alegremente.

—Tu madre estaría tan feliz —dijo otro.

—Podemos pelear con el sacerdote si quieres —se ofreció Doris.

—También lo podemos sobornar —sugirió otra anciana.

—¿Cooperamos con una parte de nuestras pensiones?

—Creo que puedo timar a mi hijo.

—Mi nieto estaría feliz de colaborar.

Gaspar se sentía como en casa, sabiendo que, aunque una buena parte de los comentarios de los ancianos eran bromas, ellos realmente harían lo que fuera con tal de verlos felices. Una parte de él pensaba en cuánto hubiera querido que su madre dijera todas esas palabras y otra parte de sí mismo sabía que ella estaba en cada uno de ellos, buscando comunicarse con él. Otra parte de él pensó si sería descabellado presentarle a los ancianos a Destan, si eso no lo incomodaría, si eso no sería ir demasiado rápido.

Nunca la idea de avanzar lo había puesto nervioso, las cosas simplemente suceden y nunca funcionaba. Siempre se trataba de muchachos que no sabían lo que querían y durante algún tiempo fue divertido, hasta que la deshonestidad que tenían con sus padres era molesta.

Poco sabía de los padres de Destan, pero había dejado en claro que la única figura paterna que tenía era el doctor Phoenix y, hasta dónde sabía, Destan poseía una increíble relación con él aunque sospechaba que al doctor Phoenix no le agradaba demasiado Gaspar. Sin embargo, su relación era tan buena que la única molestia del doctor es que Destan saliera sin avisar. Al menos eso es lo que había entendido cuando Destan se quejó.

—Sé molestó porque no le avisé, pero él nunca me dijo que tenía que avisar —replicó Destan un par de días después de su salida.

—¿Sabía que estabas conmigo? —se arriesgó a preguntar.

—Lo asume, sí.

—¿Eso no le molestó?

—¿Por qué le molestaría?

Y es que resultaba sorprendente la facilidad con la que Destan y el señor Phoenix se trataban. Destan caminaba por el mundo nervioso de sí mismo, pero cuando hablaba del señor Phoenix o siquiera pensaba en él, su mundo parecía reinado por la paz absoluta. No importaba cuántas veces preguntara el señor Phoenix, nunca parecía ser un problema para Destan y eso era nuevo, sobre todo porque conocía al señor y sabía que él sabía cómo era Gaspar.

Entonces, tal vez podría llevar a Destan a conocer a los ancianos o incluso hacer algo de comer en la panadería e invitarlos. Se preguntaba si Destan lo querría, de alguna forma. Nada solía ser tan bueno cuando se trataba de Gaspar, pero Destan era más que increíble. Destan veía algo en él que Gaspar no era capaz de entender, principalmente porque Destan no podía ver en sí mismo lo que Gaspar podía ver en él.

Probablemente, por eso funcionaban tan bien. *Funcionaban.*

—Dijo el metiche de mi hermano que tu muchacho se veía algo pálido el otro día —le dijo Lorena, colocándose rápidamente a su lado mientras salía del salón donde recurrieron a tener sus sesiones de terapia; era sorprendente lo rápido que podía caminar a su edad—, deberías llevarlo con un doctor.

—Vive con uno, su tío —le comentó Gaspar—. Así que creo que simplemente así es.

—Vaya partido que has conseguido, eh —dijo la anciana hundiéndose de hombros—. Los doctores ganan muy bien.

Gaspar se rio por lo bajo al escuchar a Lorena. Lo cierto es que no le importaba si Destan tenía o no tenía dinero, debía asumir que Destan solo era Destan por la educación que tenía y por su tío, que parecía que lo había estado criando desde antes, pero si el día de mañana los Phoenix lo perdieran todo, Gaspar sabía que no se iría lejos de su lado. Se quedaría, realmente quería hacerlo.

Salieron de la iglesia, con el aire ligeramente cálido de la otoñal noche, golpeando con suavidad sus rostros. Iba a ofrecerse a acompañar a la anciana a su casa solo por mera cordialidad cuando observó a uno de sus hijos tirar su cigarro a un lado mientras la esperaba junto a un árbol en la acera. Sintió escalofríos en su nuca al distinguirlo; era aquel sujeto que durante su infancia decidió que la mejor corrección para un niño era golpearlo hasta dejarlo inconsciente.

Ahora era más viejo y Gaspar era un adulto, Gaspar podía tumbarlo al suelo si quería o si la situación lo incitaba. Afortunadamente, él no quería y Lorena se puso rápidamente entre los dos, evitando el acercamiento del mayor de sus hijos a Gaspar.

—¿Qué estás haciendo tú aquí? —le preguntó la anciana, notándose automáticamente a la defensiva—. Te dije que te fueras al demonio.

—Eres mi madre —dijo él con más apatía que con cariño—, lógicamente, quiero acercarme a ti de vez en cuando, pero continúas haciendo rabietas.

—¡¿Rabietas?! —inquirió ella cruzándose de brazos—. Le arruinaste la vida a mi nieto, tu propio hijo, y todo por tus ideas estúpidas.

Algo se revolvió en el estómago de Gaspar al escuchar la declaración de la anciana. Había mencionado que había perdido el contacto con una buena parte de su familia, pero poco hablaba de sus nietos; Gaspar sabía que el sujeto frente a él, con una cicatriz reciente en la mejilla y la ira inyectada en sus ojos, solo tenía un hijo.

—Ideas estúpidas que tú me inculcaste —replicó el hombre—. Ahora veo por qué de pronto cambiaste tu opinión. Ahora te juntas con este...

—Cállate y muévete —exigió la mujer.

Su hijo buscó decir algo, pero la anciana se colgó del brazo de Gaspar y lo obligó a caminar a su lado, él decidió no poner resistencia puesto que no quería problemas y sabía que aquel sujeto, lo único que haría, sería tratar de hundirlo dentro de su misma miseria. Tuvieron la fortuna de no ser perseguidos.

No hubo sombras persiguiéndolos en la oscuridad.

—Anda con cuidado, Gaspar —pidió la anciana en un tono de voz suave y preocupado—. Últimamente está descontrolado.

—No puedo vivir con miedo, Lorena —le dijo Gaspar con tranquilidad, incluso con su corazón latiendo desbocado y la piel erizada por los nervios; solo era un momento de pánico, se trató de convencer—. Vivir con miedo no es vivir.

La anciana asintió detenidamente, meditando las palabras de Gaspar. Había algo ausente en su mirada, una nube de pensamientos que Gaspar no sabría leer porque en realidad ellos no eran así de apegados. Si lo hubiera sabido, le habría preguntado qué fue todo eso y le habría ofrecido un hombro de consuelo. Pero, de querer consuelo, ella lo habría pedido en el grupo.

Sin embargo, no pudo evitar pensar que algo estaba sucediendo a su alrededor y él lo estaba perdiendo por completo.

El corazón de la ciudad

Gaspar era un hombre de palabra. Tal como había dicho que haría, asistió al piso compartido del doctor Phoenix y Destan (con una bandeja en mano y doce besos en su interior), le pidió una disculpa al doctor por haber hecho que Destan se escapará a altas horas de la noche y luego solicitó su permiso para llevar a Destan a visitar el «corazón de la ciudad».

El doctor Phoenix estudió detenidamente a Gaspar, que parecía vestir más formal de lo que usualmente lo hacía y luego aceptó, no sin antes decirle a Destan que le sirviera un par de besos y buscara un saco un poco menos harapiento en su armario. Trató de no molestarse o quejarse de que era su saco favorito y quince minutos después se encontraba caminando por las calles adoquinadas de la ciudad de la mano de Gaspar.

Había pasado mucho tiempo mirando a través de los ventanales del departamento del doctor Phoenix, sabía que las luces en los edificios llegaban con la noche y se apagaban al amanecer y que las calles no estaban muy concurridas cuando las luces se encendían. Excepto tal vez en el centro de la ciudad, el presunto «corazón de la ciudad», el lugar que Gaspar estaba tan entusiasmado porque Destan conociera.

Comprendió al instante la razón.

En la zona de la ciudad donde vivían podía ver las luces en los ventanales y en las farolas en cada esquina de la calle, mientras que en el corazón de la ciudad podía observar secuencias de luces enredadas en los árboles de las calles, los letreros de los establecimientos brillaban en luces de colores neón, iluminando los suelos que a alguien debieron haberle servido como lienzos, porque podía ver el cielo pintado encima de la calle adoquinada. La gente transitaba tranquilamente con vestimentas brillantes y maquillajes llenos de color; sus miradas estaban sumamente cansadas, pero sus sonrisas los mantenían en pie.

—Mi sueño siempre ha sido poner una panadería aquí —le confesó Gaspar, inclinándose un poco sobre su hombro para hablar a su oído.

—¿Por qué no lo haces?

—Supongo que me cuesta alejarme del lugar donde crecí.

Destan asintió a modo de comprensión, él sabía cómo se sentía. Aún recordaba una de sus conversaciones con el doctor Phoenix en las que el anciano se había mostrado renuente a irse puesto que ese era su hogar, mientras que para Destan, el doctor Phoenix era el único hogar que quería y necesitaba. Así que podía comprender el sentimiento de Gaspar.

Sentir que lo comprendía lo hizo sentir más cerca de él, considerando que Gaspar siempre hablaba de sus experiencias y Destan terminaba escuchando como un niño perdido fascinado con cuentos de hadas.

Reafirmó el agarre de sus manos y se permitió estar en la misma página que Gaspar por un momento.

—Tal vez no tienes que alejarte —sugirió, observando el cielo cuyas estrellas también brillaban esa noche para ellos—. Podrías tener ambas cosas.

—Sería maravilloso —le sonrió Gaspar, compartiendo la idea—. Tal vez algún día.

—Algún día suena bien —dijo Destan, volviendo la vista a Gaspar, que le miraba con lo que, de alguna forma, parecía ternura—. ¿Puedo preguntar por qué aquí?

Continuaban caminando, pasando por curiosas tiendas en la acera con nombres de bebidas divertidas, la música cambiaba después de cada media cuadra y las risas no faltaban. Una parte de él podía comprender por qué Gaspar quería pertenecer a la atmósfera, pero la noche jamás era igual al día y el oficio de Gaspar solía desenvolverse en el día.

—Cuando era niño mi mamá me pedía que viniera a traer pedidos de pan —le contó Gaspar—. Como todo niño poco obediente que fui, me la pasaba vagando por aquí, ayudando a levantar los locales o a ponerlos, dependiendo de la hora y ganando unas cuantas monedas extras. De alguna manera, supongo que aquí se formó mi carácter.

Destan podía darse cuenta de que habían sido numerosas esas ocasiones en las que Gaspar se refugió en las calles del centro de la ciudad, pues los dueños de los locales rápidamente le reconocían y elevaban la mano en un muy breve saludo o sonreían con alegría con tan solo verlo pasar.

Gaspar prometió que lo llevaría al «corazón de la ciudad» sin darse cuenta de que era él el auténtico «corazón de la ciudad», iluminando el mundo de cada persona que tenía la fortuna de reconocerlo entre un mar de rostros. Destan mismo podía sentir como algo florecía en su pecho con facilidad, como las flores crecían en un lugar infértil porque la luz de Gaspar era más que suficiente.

—No en todos los lugares del mundo alguien te golpea con un rodillo en la cabeza cuando les declaras tu amor —comenzó a decir entre risas—. Cuando vine la primera vez, observé a un par de muchachas tomadas de la mano y me sorprendí cuando se dieron un beso y a la gente no le pareció mal. No todo en esta ciudad está arruinado y, pienso que tal vez... —una pequeña sonrisa brotó de los labios; su sonrisa era un brote contagioso de felicidad para Destan—. Tal vez es el lugar adecuado para cumplir sueños.

—¿Sueños como tener una panadería aquí? —preguntó Destan, siguiéndole el hilo a la conversación con entusiasmo.

Contuvo el aliento cuando Gaspar se giró a verlo y apretó su mano. Recientemente había comenzado a leer libros de ficción romántica, entonces ahora podía comprender y ponerle palabras a la sensación creciente en su estómago. Estaba seguro a lado de Gaspar, sentía que el mundo podía detenerse en su mirada y de pronto, ambos podían ser inmunes al tiempo, no sólo él.

—Alguien que me acompañe no suena mal, ¿o sí? —preguntó Gaspar, casi como si estuviera proponiendo algo.

¿Debía decir que sí? Fuera cual fuera la verdadera pregunta, ¿él podía decir que sí? Porque Gaspar tenía sus preciosos ojos puestos sobre Destan mientras preguntaba si era apropiado tener a alguien con quien compartir su más grande sueño y Destan no estaba seguro de nada, pero ahí estaba él, ¿no es así? Era su mano la que era sostenida por Gaspar.

Destan quiso decir algo, pero se encontró incapaz de formar palabras coherentes porque se encontraba realmente confundido con todo lo que esa noche podría significar. ¿Y si estaba leyendo todo mal? Destan estaba lejos de entender lo que significaba cada palabra o interacción porque seguían siendo los dos muchachos que en el día salían a pasear al parque junto a la panadería, pero, en ese momento, había algo diferente y Destan lo tenía en la punta de la lengua, pero lo seguía perdiendo.

—Supongo que encontrarás a la persona adecuada, ¿no es así? —preguntó Destan con voz temblorosa.

—¿No has considerado que ya he encontrado a esa persona? —preguntó Gaspar con una de esas manías suyas que tenía y misma con la que podía dejar a Destan sin palabras—. Deja de distraerme, venimos a otra cosa.

—¿Cómo se supone que voy a distraerte yo, eh? —preguntó Destan confundido.

La respuesta de Gaspar solo consiguió confundirlo más.

—Siendo lindo, de hecho. —Dicho esto, Gaspar dio un tirón de su mano y lo hizo caminar a su lado nuevamente.

—Nunca me dijiste a qué veníamos exactamente —le recordó Destan, tratando de ocultar el rubor en sus mejillas.

—Quise traerte a bailar —le contestó Gaspar con simpleza.

—Yo no sé hacer eso.

—Solucionaremos eso sobre la marcha —le sonrió Gaspar—. Igual que todo lo demás.

Destan confió con facilidad en las palabras de Gaspar, permitió que lo guiara, se permitió caminar a ciegas, perderse en el montón de los sonidos que deambulaban en el centro de la ciudad, fueran las escandalosas canciones de las discotecas en la ciudad o la tenue melodía con la que bailaron improvisadamente en aquel kiosco de un parque solitario, bajo la luz de las estrellas. Movió sus torpes extremidades como pudo, degustó el sonido de la risa de Gaspar y se obligó a memorizar.

Si quería recordar el «corazón de la ciudad» por una eternidad, entonces tendría que fundirse con los detalles de aquella noche, cuando más que nunca, observó al «corazón de la ciudad» brillar.

Las advertencias habituales

Alguien debería tratar de ponerse en los zapatos de André Phoenix; él nunca le había dado el gusto a sus padres de ir a pedir permiso para que lo dejaran salir, así que no sabía con precisión cómo proceder al tener al muchacho de la panadería en su puerta con una bandeja llena de besos y el pánico inundando su mirada.

—Buenas noches, señor Phoenix —dijo Gaspar, vistiendo un saco formal y no el usual delantal de cocina; parecía nervioso, con las mejillas rojas.

—Buenas noches, Gaspar —musitó con suavidad, observando de reojo si de pura casualidad, Destan estaba cerca—. Qué maravilla, ¿ahora vendes pan a domicilio?

El rostro de Gaspar enrojeció ante las palabras burlescas del doctor Phoenix, lejos de comprender que André era bastante capaz de entender qué es lo que estaba sucediendo.

—En realidad, es un presente —le dijo Gaspar con una cordial sonrisa—. Mis intenciones al venir aquí era pedir su permiso para llevar a Destan al centro de la ciudad a pasar el rato y, bueno, disculparme por lo que sucedió la semana pasada con Destan escabulléndose.

Sí, una parte de André lo había visto venir, considerando la existencia de los roles de canela que le había enviado durante la semana en compensación por incitar a Destan para que saliera con él unas noches antes. André no podía culpar a Gaspar, bien sabía que Destan era lo suficientemente terco como para negarse de haber querido hacerlo.

—Si no lo dejo ir, ¿te llevarás el pan?

—¡Claro que no! —se apresuró a decir, ofreciendo la bandeja con besos al anciano—. Es un presente, no se trata de que sea una clase de soborno...

—Pues podría funcionar.

—¿Ah, sí?

—Podría meditarlo si me sirves un poco —le sonrió el anciano, dándole espacio para que entrará a la casa—. La cocina está a la izquierda.

Para su sorpresa, Gaspar cedió rápidamente y se apresuró a dirigirse hacia la cocina, donde Destan también se encontraba lavando los trastes que se utilizaron para realizar la comida de André. Era graciosa la facilidad con la que Destan se perdía haciendo labores tan pequeñas y cotidianas, sobre todo porque no se percató del momento exacto en el que Gaspar entró en la cocina y se encontró incapaz de mediar una sola palabra por la sorpresa de encontrar a Destan ahí. A perspectiva de André, el romance juvenil era un poco (demasiado) ridículamente gracioso.

—Destan, ¿podrías darme un plato por favor? —preguntó André con una voz suave, pero Destan no contestó de la misma forma.

—Acaba de comer, ¿para qué lo quiere? —preguntó sin despegar la mirada de los pocos trastes que quedaban en el fregadero.

—Quiero comer pan —señaló André—, no lo voy a comer en una servilleta como un perro.

—Los perros no comen en servilletas —Destan cerró la llave del fregadero y suspiró pesadamente—.

Además, ya te comiste todo el pan que tenías y es tarde, no voy a salir a comprar más.

—Gaspar te vendería a cualquier hora si se lo pidieras.

—No, claro que no. Así no funcionan las cosas —replicó Destan, ahora secándose las manos.

—De hecho, creo que tienes razón —concordó André con una pequeña risita—. Gaspar es más de los que vienen antes de que lo pidas. Un encanto de muchacho.

Destan se giró rápidamente a observar al doctor, cuestionando a sí mismo seriamente que es lo que el anciano parecía traerse entre manos. Se llevó una enorme sonrisa al encontrar ahí a Gaspar con una tímida risita y la bandeja de besos entre manos.

—¿Por qué no vas y buscas otro saco, eh? El que tienes es algo viejo y me parece que irás al centro de la ciudad esta noche —declaró el anciano, provocando que ambos jóvenes le mirarán un tanto sorprendidos por la novedad.

—¿Lo está diciendo en serio? —preguntó Gaspar vacilante.

—Podría arrepentirme, te lo aseguro.

—Iré por ese saco —dijo Destan, no deseando comprobar si lo que el anciano decía era cierto o no.

—¡No olvides mi plato! —le recordó el anciano.

Siempre educado, Destan colocó dos platos sobre la mesa en la cocina y le sirvió; André esperó pacientemente a perder de vista a Destan para poder dirigirse así a Gaspar con la voz más neutral posible. Todavía no sabía hasta dónde llegaba el alcance auditivo de Destan (científicamente hablando, tal vez nunca lo sabría), pero no quería que lo escuchara amenazando a su noviecito. Sería difícil explicar que así debía ser o de lo contrario, jamás se sentiría seguro prestando a su hijo.

—Debes saber, que no puedes romper su corazón —dijo seriamente, provocando que el muchacho se giró a verlo con terror—. Si solo estás jugando, te aseguro que hay montones de muchachos que estarían encantados de jugar contigo; mi hijo no —Gaspar estuvo a punto de hablar, André no se lo permitió—. Destan tiene un corazón increíblemente grande, no puedo decir lo mismo de mí.

—No sabría jugar con él, aunque quisiera —declaró Gaspar, existiendo convicción en sus palabras—. Tampoco entiendo cómo es que alguien querría jugar con él. No es en absoluto divertido.

—Si no es divertido, ¿entonces por qué estás aquí?

—Usted lo crio, usted debería saberlo —dijo Gaspar y André no pudo evitar sonreír ante la convicción del muchacho—. Tengo las mejores intenciones con su hijo, señor Phoenix. Si creyera que podría hacerle daño de alguna manera, hace mucho tiempo habría cerrado esa puerta, se lo aseguro.

André sonrió complacido por la seriedad con la que Gaspar tomó sus palabras. Para André, la juventud había sido un motivo para ser estúpido y él mismo había dejado un rastro de corazones rotos mientras crecía, justo antes de conocer sus propias prioridades. No quería a su hijo siendo uno en el montón de alguien más; afortunadamente, Destan era más inteligente, no buscó a un sujeto como su padre.

—Es bueno saberlo —dijo el anciano, escuchando a Destan volver—. No te lo tomes a pecho, muchacho. Solo hago las advertencias habituales.

—Es un consuelo, entonces —sonrió Gaspar—. Para mí, las advertencias habituales consisten en un tipo furioso diciéndome que no corrompa a su hijo o me romperá la cara.

—Bueno, sería comprensible —dijo el doctor Phoenix—. No hagas que se escape de casa, por favor. Si lo corrompes de tal manera...

—Lo comprendo —dijo Gaspar con más tranquilidad—. Quiero estar con su hijo, siguiendo las reglas que tenga que seguir.

Pareciera o no, ese era un alivio para André. La conversación terminó cuando Destan llegó y se posicionó a su lado, observando detenidamente el saco que había seleccionado del armario de André.

—¿Está bien este saco? —preguntó Destan, metiendo las manos en los bolsillos y viendo que no hubiera hoyos en ellos—. Este es el menos incómodo.

—Si a ti te gusta, a mí me gusta —le sonrió el anciano, acercándose un poco para poder abotonar el saco de Destan; sonrió al darse cuenta que el saco color beige que Destan estaba usando, había sido de su abuelo y en los botones todavía podían distinguirse los detalles de lo que había sido un manzano—. Cuídate mucho, ¿sí? Confío en ti.

El rostro de Destan enrojeció como habitualmente lo hacía y ambos se abrazaron con brevedad. El André Phoenix de treinta años se habría burlado del anciano por, al final del camino, terminar con el corazón latiendo desbocado, temiendo por entregar a su hijo a un desconocido que al final del día, su hijo amaba. Si su hijo lo amaba, tenía que confiar en él.

Observó a su hijo salir de la mano de un muchacho que parecía brillar con la idea de solo salir a caminar de la mano de Destan. Gaspar y su mirada de ensoñación por su hijo (misma que no estaba seguro de que su hijo pudiera ver), solidificó la seguridad de André y le permitió recobrar el apetito.

Las próximas horas las pasó sentado en un sillón frente a la puerta con la bandeja de besos reposando a su lado mientras él comía y observaba la noche transcurrir por la ventana. Su corazón latía con calma y sus papilas gustativas se degustaban con tanto gozo que agradecían que Destan hubiera querido a un muchacho como Gaspar, que bien sabía ganarlos a ambos.

La puerta abierta iluminó la habitación de imprevisto cuando estaba por tomar su penúltimo beso. Destan, cuyas mejillas yacían sonrojadas debido a los montones de risas que le hicieron disfrutar de la noche, se quedó estático en la puerta, como la primera vez que había llegado noche y el doctor Phoenix yacía en medio de la oscuridad esperando por él.

—¿No deberías estar dormido? —preguntó Destan confundido, aunque su mirada decayó por un segundo y reflejó desilusión—. Después de todo, dijiste que confiabas en mí.

—No dejé de confiar en ti en las últimas horas —replicó el anciano—. No puedes irte y esperar que no vele por tu regreso, eres mi hijo y sé que volverás, pero necesito verte llegar. No podría estar tranquilo en mi habitación si no sé que estás aquí.

—Oh —un suspiro brotó de los labios de Destan—. Es lindo saber que me estabas esperando.

—Siempre lo haré —dijo hundiéndose de hombros, yendo por su próximo beso.

—Sabes, ya es hora de dormir —dijo Destan, elevando una ceja y acercándose para ayudarlo a ponerse en pie—. Dudo que Gaspar fuera consciente de que te comerías todos los besos en una noche, así que, por favor, al menos deja para que desayunes.

—Eso es tremendamente injusto, ¿no lo crees?

—No quiero que te enfermes por comer tanto pan, no me hagas pedirle a Gaspar que deje de traerte.

—No limites al muchacho, me iré a dormir —cedió André.

Destan lo ayudó a ponerse en pie y André tranquilamente se permitió ser guiado por Destan hacia su habitación. No podía estar más en paz consigo mismo sabiendo que Gaspar había escuchado sus advertencias y, sobre todo, que su hijo había vuelto felizmente a su hogar.

Podemos estar juntos

En los últimos tres días Destan había descubierto un nuevo sentimiento humano y no le gustaba en absoluto: estrés. Puede que solo hayan sido unas cuantas semanas de retraso, pero en una clase avanzada y con *esas* semanas de retraso, Destan no veía el avance entre los montones de tarea, y las noches no eran suficientes para emparejarse con el resto del grupo. Estaba a punto de volverse loco, hasta que el doctor entró en su habitación y con voz suave pero firme, dijo:

—Gaspar ha venido a recogerte.

Claro que el comentario llamó la atención de Destan, que yacía sentado en el suelo de su habitación con montones de libros, hojas y plumas desperdigados alrededor de él debido a lo mucho que le estaba costando ponerse al corriente. Se suponía que tenía un par de semanas para terminar, específicamente antes de que terminara el primer parcial, pero su cabeza parecía no soportar el desorden y la idea de los deberes pendientes.

—No he quedado con él —dijo después de intentar recordar si había sido así.

Lo cierto es que en los últimos días apenas había visto al muchacho debido a la cantidad de lecturas e investigaciones que había estado haciendo para la universidad. Lo más cercano que tuvieron a una conversación donde quedaban a salir había consistido en Destan explicando a Gaspar sobre el montón de tareas pendientes que tenía y prometiendo que haría tiempo pronto.

—Yo lo he hecho por ti —dijo el anciano—. Has estado encerrado aquí por días...

—He salido un par de veces...

—A hacer mandados en menos de cinco minutos —replicó—. Además, has estado comiendo en tu habitación y eso es molesto porque no sé qué tan bien te estás alimentando.

—¿Qué tiene que ver todo esto con que hayas quedado con Gaspar en mi nombre?

—No lo hice en tu nombre —dijo casualmente—. Hace un rato que salí a comprar algo de pan, él estaba a punto de cerrar, preguntó por ti, una cosa llevó a la otra y ambos concluimos en que este aislamiento no es sano.

—Tengo que entregar esto pronto...

—En tres semanas —corrigió—. En todo caso, yo haré una parte de tu tarea si en esas tres semanas no terminas. Sin embargo, como alguien que ni siquiera puede dormir, no veo por qué te estresas tanto...

—No puedo evitarlo, ¿sí? —dijo Destan suspirando con fatiga—. Necesito terminar.

—Necesitas descansar o vas a tener un colapso —insistió el doctor Phoenix—. Así que ahora mismo quiero que dejes de lado ese montón de pendientes que bien puedes acabar en las próximas semanas, y no en una noche, y salgas con Gaspar que aquí está para apoyarte o, de lo contrario, te prohibiré hablar con él.

Destan frunció el ceño involuntariamente.

—Usted no puede hacer eso.

—¿Quieres ver que sí?

Prefería no hacerlo por lo que, a modo de resignación se buscó su saco favorito y se dirigió al exterior de su propia habitación para encontrar a Gaspar sentado en la sala de estar con su ya tradicional bolsa de pan para los hermanos de la amiga de su madre, como Destan suponía. Gaspar le dedicó una pequeña sonrisa avergonzada por haber llegado tan de repente, pero Destan decidió no estar molesto con él ni con el doctor. Sabía que hacían lo que creían mejor para él.

Caminaron en silencio por el camino que Gaspar antes le había mostrado hasta llegar a la casa de los ancianos, saludar cortésmente, entregar el pan, subir al tejado, colocar la manta usual y observar las estrellas. Ahí es cuando Gaspar finalmente habló.

—Lamento haberte emboscado, prometo que solo quería ayudar.

Destan no sabía cómo contestar a eso. Giró su cabeza en dirección a Gaspar, haciendo conexión inmediata con sus preciosos ojos cafés observando a Destan con cautela. La brisa rozó los rostros de ambos muchachos, Destan sintió algo parecido al frío y tomó la cálida mano de Gaspar a tientas para luego sonreír como mejor pudo, sin llegar a mostrar sus dientes.

—Comprendo lo que querías hacer, está bien —susurró Destan.

—Aunque... —Gaspar vaciló, pero Destan lo alentó en silencio a hablar—. Realmente también estaba siendo un poco egoísta. No me malinterpretes, me encanta que estés estudiando y que tengas tanta pasión en ti como para dedicarle tanto tiempo, es solo qué...

Nuevamente existió la ausencia de palabras, está vez el silencio de Destan no fue suficiente como para incitar a Gaspar a hablar.

—Puedes decirlo —susurró Destan—, prometo no juzgar.

Ante esto, Gaspar sonrió con nerviosismo y se relamió los labios.

—No tengo derecho a decirlo porque técnicamente somos solo amigos —comenzó a decir él en voz muy baja y pausada—, pero te extrañé tanto que entré en una crisis de celos muy molesta y es raro por que le estaba teniendo celos a un montón de tareas...

—Creo que las personas en general son más importantes que las tareas —susurró Destan con una pequeña risita—. Tú eres más importante que las tareas.

Gaspar sonrió un poco ante la declaración.

—El caso es que te extrañé muchísimo, por eso cedí tan fácil a la idea del señor Phoenix para sacarte de ahí —susurró Gaspar, luego su rostro enrojeció—. Lo cual fue terrible, en serio entiendo si te molestas conmigo. No me correspondía... nosotros no estamos juntos o algo así.

Destan no entendía precisamente a que se refería Gaspar con eso, sin embargo, tomó coraje apretando solo un poco la mano de Gaspar y susurró:
—Pero podemos estar juntos, ¿no es así?
—¿Podemos?
—Me encantaría.

Ninguno parecía saber con certeza qué era lo que aquellas palabras significaban o el compromiso que conllevaban; simplemente ya eran parte del mundo del otro, habían abierto las puertas a esa decisión juntos y de brazos abiertos aún sin saber lo que significaban en realidad esas palabras, aquella promesa. Lo único que sabían era que al menos en esos momentos, existía esa maravillosa oportunidad.

—Podemos estar juntos —sonrió Gaspar apretando su mano de vuelta.

Tus penas sobre mis hombros

«Todo va a estar bien»
«Todo va a estar bien»
«Todo va a estar bien»

Gaspar realmente se estaba forzando a creerlo, pero finalmente podía verlo: algo estaba sucediendo a su alrededor y no era bueno.

La primera vez pasó desapercibido: un cliente de mediana edad empujó una de las estanterías, rompiendo el vidrio y gritándole a Gaspar por tener muebles tan frágiles. Para no tener problemas, fue Gaspar quien se disculpó por el incidente y le regaló un par de cortesías al hombre para evitar los conflictos. Se sintió avergonzado cuando vio salir al cliente y lo vio tirar el pan al suelo.

Decidió no contarle a nadie de ese incidente y mucho menos darle tanta importancia debido a que solo había sido un mal cliente.

O eso creía.

—¿Qué es lo que sucedió? —preguntó Destan al observar la estantería rota.

—Inmobiliario viejo —contestó Gaspar sin darle más importancia—. Pronto lo voy a cambiar, en todo caso.

Lo demás lo observó como algo propio de su rutina, como el acoso callejero por parte de algún padre molesto que recordaba a Gaspar hablando con su hijo casualmente o los susurros entre señoras intolerantes (y muy ignorantes) que lo llamaban afeminado. Lo normal era ser atacado por ancianas o amas de casa sumamente católicas que insinuaban que se iría al infierno así que, ¿para qué darle importancia?

Debió darle importancia.

Lorena apareció a los pocos días en la panadería con los ojos enrojecidos y los hombros sumidos de manera en la que parecía incluso asustada. Por más que a veces fuera difícil para él recordar cómo todo lo bueno que vino con ella en su infancia rápidamente se amargó por sus antiguos prejuicios, lamentó verla tan asustada y le ofreció un hombro de consuelo cerrando la tienda de inmediato e invitando a Lorena a tomar un café arriba en su casa.

—Lo lamento muchísimo, no sabía a dónde más ir —comenzó a decir la anciana con voz temblorosa.

—¿Te ha sucedido algo, Lorena? —preguntó él, genuinamente preocupado—. ¿Alguien te hizo algo?

—Se trata de mi nieto, tal vez lo recuerdes...

¿Cómo no recordarlo? Fue el primero de todos los pequeños romances que hubo a continuación. Él, dos años mayor, había besado a Gaspar y había dado pie para que comenzarán una pequeña relación a escondidas de todo el mundo hasta que su padre lo descubrió; golpeó a Gaspar y el muchacho lo culpó a él por todo. Su madre se planteó dejar la ciudad en esa ocasión, temerosa de que su hijo fuera rechazado. Además, fue la primera vez que lo golpearon hasta dejarlo casi inconsciente.

Apenas y había salido de ese problema. A continuación no hubo más que pequeños romances efímeros y a puerta cerrada, no había tenido novios como tal porque todos le tenían miedo a esa palabra. Lo más real que había tenido en su vida era, de hecho, Destan.

—¿Él te ha hecho algo, Lorena? —preguntó Gaspar, tratando de centrarse en la conversación.

—¡No, por supuesto que no! —dijo ella con las mejillas sonrosadas—. Ha intentado hacer las cosas bien, incluso salió del closet hace unas pocas semanas, pero su padre y sus amigos se han vuelto dementes. Me temo... me temo que justo ahora no eres del todo bienvenido en la ciudad, Gaspar.

Las palabras lo tomaron por sorpresa, como era de esperarse. Lo único que supo hacer fue emitir una pequeña risita de nerviosismo, intentando que pareciera una risita de broma porque no tenía ningún sentido.

Nada lo tenía.

—¿Qué tengo que ver yo aquí, Lorena? —preguntó lentamente—. No he visto a tu nieto cómo en diez años.

—Eso mi hijo no lo sabe —dijo ella con voz temblorosa—. Lamento que te veas envuelto en esto, pero mi hijo se ha desquiciado por completo...

—Oye, calma —susurró Gaspar, extendiendo sus manos a lo largo de la mesa de su pequeño comedor para sujetar las manos de Lorena—. *Todo va a estar bien.*

«Todo va a estar bien»
«Todo va a estar bien»
«Todo va a estar bien»
—No lo entiendes, todo es un desastre...
—Uno que tomará orden cuando tenga que tomar orden —le sonrió Gaspar con dulzura—. Si tu hijo ha perdido la cabeza, eso es cosa suya. Si viene por aquí yo me encargaré, pero no te preocupes, si lo necesitas, aun puedes colocar tus penas sobre mis hombros.

Parecía que la anciana deseaba decir algo más, pero no lo dijo, en su lugar se puso de pie y rodeó a Gaspar en un pequeño abrazo. Corresponder a su abrazo fue lo único que él podía hacer por lo que se permitió hacerlo.

No sabía que tanto consuelo podía brindarle, todavía recordaba los golpes en el estómago que lo hicieron sentir náuseas, recordaba haber visto borroso del ojo izquierdo durante semanas, el labio roto ardía cada vez que quería comer e incluso padeció de una infección en el oído debido a un mal golpe por parte del hijo de Lorena. Por no hablar de los hematomas en su piel que durante meses fueron el constante recordatorio de que algo estaba mal con él.

Se convenció de que todo estaría bien, pero entonces aquel cliente molesto le lanzó un tabique a la vitrina de la panadería y alcanzó a hacer un hoyo en la madera de otra de las estanterías. Se convenció de que todo estaría bien, pero, entonces, saliendo de otra de sus reuniones de terapia se encontró con el hijo de Lorena que descaradamente le dijo a su amigo (el cliente molesto): "ahí va el marica que corrompió a mi hijo".

Sin embargo, nunca llegó a lo físico, la policía prometió tratar de estar al pendiente de cualquier cosa y si Destan no dudó de él cuando le dijo que los muebles y la vitrina estaban rotos por vejez, entonces debía estar todo bien.

«Todo va a estar bien»
«Todo va a estar bien»
«Todo va a estar bien»

El momento exacto

Lejos de sus miedos irracionales y lo que sabía que comenzaba a gestarse a su alrededor, Gaspar finalmente comenzaba a comprender con mayor claridad. ¿Un ejemplo? Lo que significaba realmente el amor y el romance, ambas cosas lo llevaban siempre de vuelta a Destan.

Desde el principio supo que, de alguna forma, él iba a ser relevante en su vida y las sospechas de lo que se gestaba entre ellos comenzaron un poco antes de sentirse molesto porque Destan tenía montones de pendientes en la escuela que lo dejaban sin tiempo para él y comprendió finalmente en el momento en el que Destan se presentó en la panadería un fin de semana con ropa vieja, tablas de madera, una cortadora y algunas herramientas.

Hasta ese momento Gaspar solo había conseguido reemplazar los vidrios, pero el asunto de la madera rota de los muebles no era tan sencillo. Al menos no para él, pero Destan parecía más que dispuesto a aprender a ayudar de la forma en la que tuviera que hacerlo.

Gaspar no era ningún inconsciente, ante ese gesto tan noble, las mejillas sonrosadas y la disponibilidad tan desinteresada por parte de Destan, Gaspar finalmente pudo entender que se había enamorado como nunca lo había hecho antes.

Nunca había valorado tanto la forma en la que una pequeña sonrisa nerviosa por parte de otra persona podría hacer que su corazón corriera como si quisiera llegar al sol, ni se había detenido a pensar en lo afortunado que era de tener a alguien dispuesto a apoyarlo contra todo pronóstico. Fue ese el momento exacto en el que supo que lo amaba.

Destan había estado leyendo manuales o practicando con algo en casa, lo dedujo por la facilidad con la que sacó el mueble roto a la acera y se dedicó a repararlo con meticulosa precisión mientras Gaspar continuaba horneando. Gaspar se dio cuenta de lo bien que podía funcionar una vida a lado de Destan, lo fácil que era amar a Destan y pertenecer a su lado como si no necesitaran más.

Oh, eso era el amor.

Se tomó un descanso para preparar una fresca limonada para Destan y sutilmente se acercó a donde él le daba sus últimos detalles al mueble que acababa de resanar. Se puso de cuclillas y depositó un breve beso en la mejilla de Destan, sintiéndose libre y alegre de poder hacer eso sin que Destan se avergonzara. Si no quisiera que los vieran juntos, no habría ido a reparar sus muebles en pleno día, ¿no es así?

El rostro de Destan se ruborizó salvajemente ante la muestra de afecto y una pequeña sonrisa atontada se posó en sus labios.

—Vine a agradecer a mi noble y valiente caballero de brillante armadura —dijo Gaspar, extendiendo el vaso de limonada en dirección a Destan—. Genuinamente, gracias.

Destan desvió la mirada al vaso y jugó un poco con el popote de la bebida mientras buscaba esconder el violento sonrojo en sus mejillas.

—¿Por qué tendrías que agradecerme?

Gaspar sonrió con dulzura.

—Por ser tú, por ser tan maravilloso y lindo —el sonrojo de Destan no tuvo precio.

Una joven amiga

Las últimas dos semanas habían sido un caos para Destan iniciando con la carrera universitaria, poniéndose al corriente con sus deberes y haciendo pequeños espacios para cuidar al doctor Phoenix y visitar a Gaspar e incluso ayudarle a reparar un par de muebles que habían cedido ante la vejez. Al tener más tiempo libre se dio cuenta que en realidad, le encantaba estar ocupado.

¿Podían culparlo? Gaspar ocupaba su tiempo en el trabajo, descansando, en terapia, con Destan o durmiendo; el doctor Phoenix leía, comía, se quejaba y le apoyaba con las tareas, pero la mayor parte del tiempo dormía. Destan no podía dormir ni siquiera por hobbie, ¿qué más se suponía que debía de hacer? En cuanto se puso al corriente con sus labores escolares, comenzó a leer un poco más junto al doctor Phoenix y a ayudar un poco a Gaspar en la panadería cuando no estaba cuidando al anciano, pero seguía teniendo mucho tiempo libre.

Entonces decidió añadir un poco de caos a su vida: Nicole Vargas. Tenía siete años, el cabello cobrizo y desordenado, una mente hiperactiva, pero no muchas intenciones de hablar, un montón de problemas académicos debido a la ausencia de su madre y el hecho de que su padre tenía que llevarla al edificio mientras él trabajaba. Como alguien que había sido apoyado toda su vida en cuanto a la educación se trataba, se compadeció de la niña y le enseñó la tabla del seis. Era lo mínimo que podía hacer después de que ella le enseñó a usar el elevador.

De pronto ambos se encontraban sentados en las escaleras de servicio con un montón de cuadernos de primer año de primaria desperdigados alrededor. Fácilmente establecieron una dinámica encantadora: mientras Nicole asistía a la escuela y comía, Destan iba a la escuela, pasaba un rato con Gaspar y procuraba al doctor Phoenix cuanto podía. Después le dedicaba un par de horas a Nicole, ya fuera explicándole o leyendo a su lado mientras ella hacía las partes de la tarea que sí comprendía.

Más allá de ello, Nicole casi no hablaba, más bien le observaba con mirada crítica y luego agradecía en un murmullo. Se dio cuenta de que era tan silenciosa que su padre tardó en darse cuenta de que desaparecía de su zona habitual de trabajo y comenzar a buscarla como desesperado.

El rostro de Rogelio, el padre de Nicole, enrojeció avergonzado al encontrar a Nicole haciendo multiplicaciones pequeñas con Destan, unos escalones más arriba haciendo su propia tarea sin dejar de explicarle una y otra vez el mismo procedimiento a Nicole, que al parecer necesitaba escuchar repetidas ocasiones el procedimiento de las cosas para entender.

—¡Joven Phoenix! —dijo sorprendido—. Nicole, ¿qué te dije sobre hablar con los residentes? —dijo, reprendiendo a la niña severamente—. Dios, joven Phoenix, en serio lo lamento, le he dicho cientos de veces que no debe molestar a los residentes, pero ella simplemente no me escucha y...

—Técnicamente, no he estado hablando con él —dijo Nicole con el ceño fruncido.

—Ella tiene razón, no habla casi —se percató Destan—. Solo escucha y aprende.

El pobre portero suspiró frustrado.

—Me temo que no nos hemos entendido —dijo él, totalmente avergonzado—. Varios de los residentes se han molestado en múltiples ocasiones por Nicole y genuinamente lo entiendo, no somos de su misma clase social...

—Pero a mí no me interesa eso —dijo Destan con el ceño fruncido, sin llegar a entender cómo alguien podría siquiera llegar a pensar eso—. Es agradable tener algo de compañía para estudiar.

Considerando que en sus pocas semanas de universidad ya todos habían establecido algunas amistades y Destan seguía siendo un poco (muy) socialmente incómodo, para él era toda una maravilla poder pasar el tiempo apoyando a alguien. Además, así le daba su espacio a Gaspar y al doctor Phoenix, últimamente incluso él necesitaba algo de espacio para no chocar con pared y estar pegado como una especie de muégano dependiente.

—Además, me ha comenzado a ir mejor en la escuela desde que Destan me ayuda con las tareas, papá —dijo Nicole sonando sumamente alegre.

—Y a mí me agrada Nicole —dijo Destan tranquilamente—. No entiendo por qué los otros residentes se quejarían.

Genuinamente no lo hacía, pero hasta cierto punto lo respetaba mientras nadie le hiciera algún desplante a la niña. Por otra parte, se sentía particularmente cómodo, como si de alguna forma, la niña solitaria y él estuvieran en la misma página.

—Joven Phoenix... —comenzó a decir Rogelio.

—Puede llamarme Destan —dijo él, interrumpiendo sin querer.

—Joven Destan —continuó diciendo Rogelio con su habitual formalidad—, se lo agradezco muchísimo, pero no es necesario que...

Esta vez, Destan decidió interrumpirlo, por más descortés que fuera.

—No tiene que ser necesario, simplemente yo quiero —dijo Destan convencido de ello—. Tengo mucho tiempo libre y me agrada Nicole, es una niña encantadora.

Rogelio aceptó a regañadientes, era obvio que no quería molestar a nadie, pero no es como que Nicole fuera una molestia. No hubo más discusión al respecto, los días transcurrieron como antes, exceptuando el hecho de que Nicole había comenzado a hablar un poco más, ya fuera para quejarse de sus molestos compañeros o decirle a Destan que le gustaba tener un amigo como él.

Si miraba en retrospectiva, Nicole era la única amiga que Destan tenía; para él funcionaba muy bien así.

—Mi papa me pidió que te dijera que si había alguna manera de compensar el apoyo —le dijo en una ocasión, con sus enormes ojos color miel posados sobre él—. Sabemos que económicamente no te falta nada, pero ya sabes, hay otras formas de apoyar.

Destan lo agradeció, pero se negó, no vivía esperando una recompensa por ayudar a Nicole. Se sentía genuinamente feliz apoyando a su joven amiga.

¿Quién cuida de ti?

Sabía que estaba fallando en la escuela, pero no podía importarle menos con Nicole haciendo sus tareas en el comedor y el anciano doctor Phoenix tosiendo como un auténtico desquiciado mientras Destan les preparaba caldo de res.

Ya había conseguido ponerse al corriente en tres noches con el trabajo de las primeras semanas del semestre de otoño, no veía porque no retrasarse durante una semana para cuidar de su amado padre enfermo. Nunca lo había visto así, si era honesto, y no le importaba nada más que el bienestar de su padre. Igualmente tendría una eternidad para terminar la carrera, ¿no es así?

—¿Destan?

Gaspar apareció en el umbral de la cocina con una caja de pan y un termo con lo que olía a chocolate caliente. Nicole estaba detrás de él, observando con curiosidad a ambos muchachos y mordiendo su lápiz.

—Hola —se apresuró a decir Destan, luego comenzó a tartamudear—. ¿Qué haces aquí? ¡No es que no quiera que estés aquí, pero...!

—No escuchaste la puerta —dijo Nicole, como si eso explicara todo.

—En efecto, no escuchaste la puerta —dijo Gaspar con una pequeña sonrisa—. La pequeña me abrió, no sabía que alguien más vivía aquí.

—Yo no vivo aquí —protestó Nicole con el ceño fruncido.

—No, no lo hace —dijo Destan—. Ella es Nicole, hija de Rogelio, el portero. A veces le ayudo con la tarea.

Al principio se reunían en las escaleras del edificio para hacerlo, con el paso de los días Nicole se fue acercando más al departamento y dado que el doctor no se quejó de su presencia, los dos comenzaron a reunirse ahí. Estaba más que claro que al doctor Phoenix no le agradaban mucho los niños, pero toleraba a Nicole y en ocasiones le guardaba un par de panes por si quería cenar antes de irse a casa.

Además, los últimos días en los que el doctor había estado enfermo, Nicole había estado tan preocupada que rondaba cerca de la habitación del doctor cuidando que no se fuera a ahogar con su propia tos.

Nicole le dedicó una última mirada al par de muchachos y volvió a donde antes había estado haciendo su tarea.

—¿Acaso puedes ser más encantador? —preguntó Gaspar entregando el pan y el termo a Destan, que le miró sin comprender.

—¿Por qué lo dices? —preguntó Destan.

—Eres un increíble hijo, guapo, estudioso y además cuidas niños en tu tiempo libre —Destan sintió como sus mejillas enrojecían cada vez más con las palabras de Destan—. Eres perfecto.

—Estás exagerando —dijo Destan desviando la mirada al pan y el termo—. No es por ser irrespetuoso, pero ¿a qué se debe esto?

—No te he visto en un rato, tenía que corroborar que no estuvieras perdiendo la cabeza con las tareas nuevamente.

—Oh, no —dijo Destan, negando rápidamente—. Mi tío ha estado enfermo los últimos días así que he tenido que desatender por completo ese asunto.

Gaspar entreabrió los ojos con sorpresa, lo que causó todavía más confusión por parte de Destan.

—¿A qué te refieres con que desatendiste por completo el asunto? —preguntó Gaspar y Destan le miró todavía más confundido—. ¿Cuánto tiempo tiene que no has ido a la escuela?

—Algunos días, mi tío necesitaba que lo cuidara...

—Entiendo eso —dijo Gaspar, dubitativo—, pero ¿quién cuida de ti, eh?

—El doctor cuida de mí todo el tiempo...

—Sí, pero está más que claro que él está indispuesto —se quejó Gaspar—. ¿No creíste que pudiste haber pedido ayuda?

—Tú tienes tu trabajo.

—Sí, abro la panadería medio día cada día, no es lo mismo que si faltas varios días a la escuela...

—Pero en realidad no es tu responsabilidad...

—¿No has considerado que no me quita nada ayudarte? —con toda honestidad, Destan no sabía ni qué decir, por lo que Gaspar sujetó su mejilla con suavidad y depositó un beso en su mejilla que hizo a ambos estremecerse—. Cuando mi madre... yo estaba solo, Destan, tú no. Estamos juntos, debes recordarlo. Mañana vendré a cuidarlo mientras tú vas a la escuela y no aceptaré un no por respuesta.

A Destan le habría encantado replicar, era bueno en ello, pero la tos del anciano desde su habitación y la olla exprés en la que estaba cocinando se encontraban chillando y no hicieron más que atraer toda su atención. Gaspar a su lado le dijo que él se ocuparía de la comida y le pidió que fuera a ver al doctor, cosa que Destan agradeció y realizó al comprender que no estaba solo y todo pronto estaría mejor.

Detalles especiales
para personas especiales

Destan no se lo diría a nadie, había pasado las últimas noches riendo como un maníaco sin siquiera importarle su espantosa sonrisa.

Todo comenzó con una pequeña pregunta por parte de Nicole mientras él servía la cena del doctor y ella comía un pequeño tentempié entre tareas. Ella siempre le miraba con curiosidad, pero esa noche en particular, ella parecía no poder contener su propia ansia de respuestas hasta que finalmente preguntó:

—¿Gaspar es tu novio?

No habían hablado de ello como tal, exceptuando una vaga conversación donde acordaron que, técnicamente, estaban juntos, y hasta el momento habían sido bastante solidarios en ese aspecto con Destan ayudando a reparar los muebles de la panadería en una ocasión y con Gaspar ayudando a cuidar al doctor cuando se enfermaba para que él pudiera continuar yendo a la escuela con normalidad.

Dado que Nicole había comenzado a subir a su departamento para comer y hacer tareas durante la hora laboral de su padre, había tenido múltiples interacciones con Gaspar y parecía que había atado los puntos de alguna forma.

—Estamos juntos, sí —dijo Destan con suavidad.

No pudo evitar el sonrojo y eso provocó el chillido efusivo de Nicole.

—Entonces salen juntos y se toman de la mano y *todo eso*.

—Supongo, sí —contestó él, de pronto sin entender porque a la pequeña Nicole le importaba tanto el tema—. Salimos cuando tenemos tiempo, usualmente Gaspar siempre tiene algo en mente así que siempre es divertido.

Más que divertido, era lindo. Gaspar tomaba su mano y juntos exploraban el mundo, lugares por los cuales Gaspar había viajado solitariamente y ahora compartía con Destan. Lamentablemente para ambos, Destan no tenía mucho que compartir con Gaspar así que buscaba compensarlo con su disposición, incluso cuando él mismo podía considerarse más reservado y solitario.

—¿Sabes qué estaría bonito? —preguntó ella de repente—. Un picnic.

—Para ello tendría que cocinar —y, técnicamente, también *comer*—. No sé si lo sabes, pero el asunto de la comida es de él y prefiero que sea así.

—Bueno, ¿y qué es lo tuyo?

—Escribir y leer —dijo él, vacilante—. Una vez le escribí una carta de amor.

—Eso es... solo un regalo —suponía él que la niña tenía razón, pero no comprendía el punto—. Mamá siempre le recordaba a mi papá que él no tenía ideas. Él trabajaba mucho y llevaba flores a la mesa, pero casi no salían, solo cuando mamá tenía algo en mente, así que las flores se marchitaron de todas formas y ella conoció a un marinero.

Finalmente lo comprendió y no pudo evitar sentir odio hacia la madre de Nicole, que la había dejado de lado por una aventura cualquiera. A su vez entendió que Nicole solo quería evitar que a Gaspar y Destan les sucediera lo mismo que les había sucedido a sus padres. Era una niña bastante madura, para ser honestos.

—Realmente no tengo muchas ideas —murmuró, sintiéndose algo avergonzado—. Ni mucho que compartir, en realidad.

—Pueden ir al cine —sugirió Nicole—. Ahí lo único que tienes que compartir es el momento y unas palomitas.

Eso en realidad no sonaba mal, aunque nunca había ido al cine. Que Nicole se ofreciera a ayudarle a planificar la cita fue todo un sueño y la idea del poema que surgió después le daría algo más que aportar para Gaspar, aunque fuera un pedazo de papel hecho para desgastarse con el tiempo. Quería quedarse en la vida de Gaspar de alguna forma, fuera tangible o intangiblemente.

Así fue cuando sus tiempos libres se convirtieron en pequeñas conversaciones secretas sobre la planeación de una cita de ensueño para Gaspar porque, definitivamente, él lo merecía y no quería que algún día se escapara con un marinero misterioso, aunque dudaba mucho que Gaspar pudiera hacer eso. Una vez que aprendió que la poesía no tenía un orden como tal y que las palabras fluían cuando se trataba de Gaspar, todo se convirtió en risas maniacas durante las horas de descanso en las que nadie podía captar lo fascinado que estaba al tener a Gaspar como una especie de musa.

A menudo se preguntaba cuál de todos los poemas le entregaría a Gaspar llegado el momento, hasta que decidió darle el poemario completo; personas especiales merecen detalles especiales y, honestamente, esperaba que su detalle estuviera a la altura.

Que Destan hubiera escrito tanto que decidiera darle un poemario completo a Gaspar, hizo que Nicole riera a carcajadas por la emoción.

—Eres mejor que un príncipe de cuento de hadas —le dijo ella.

Esperaba que eso estuviera a la altura de Gaspar.

Afortunadamente para él, Gaspar se mostró muy alegre de ser invitado al cine por parte de Gaspar y Nicole lo celebró vitoreando por todo el departamento mientras que el doctor se quejaba recordando porque jamás le habían gustado los niños pequeños, aunque en el fondo adoraba el repentino entusiasmo que Nicole había comenzado a expresar con el paso de los días.

Destan mismo se sentía maravillosamente emocionado: finalmente podría hacer sentir especial a Gaspar de la misma manera en la que Destan se sentía especial cuando se trataba de Gaspar y los bonitos detalles que compartía con él usualmente.

En esta ocasión, Destan asistió a buscar a Gaspar a la panadería con el poemario en el bolsillo interior de su saco y tomaron un taxi con el dinero que había estado juntando de lo que el doctor le daba para asistir a la universidad. Gaspar tomó su mano durante todo el camino y el rojo se posó en su rostro tal cual lo hacía siempre que se trataba de Gaspar.

Nunca había estado en una sala de cine, pero Nicole le advirtió de los gastos y la oscuridad de la sala de cine bajo la cual podría tomar tranquilamente la mano de Gaspar. Sin embargo, Gaspar se recargó sobre su hombro y lo abrazó sentado, de forma en la que su brazo chocó con la superficie dura del forro del cuaderno.

Todavía no comenzaba la función, por lo que se enderezó y se atrevió a preguntar, aunque a Destan le habría encantado que fuera una sorpresa.

—¿Has comprado un celular al fin? —preguntó Gaspar.

Antes lo había sugerido, pero la verdad es que el doctor y Gaspar no tenían más que teléfonos fijos en casa, por lo que no había nadie a quien contactar en sí y menos con la frecuencia con la que se la pasaba recluido en casa o en la misma panadería. No le veía sentido a aprender a usar un celular por nada, a duras penas podía usar el teléfono fijo.

—No, en realidad es una sorpresa —dijo en un pequeño susurro.

No es como si estuviera planeando entregar su pequeño presente en algún punto específico de lo que Nicole insistía en llamar cita, solo esperaba el momento adecuado y no sabía si habría un momento perfecto, por lo que decidió sacar el poemario de su bolsillo y cederlo con la facilidad con la que le habría gustado ceder su corazón antes.

—O eso era —desvió la mirada al ver a Gaspar hojear lentamente cada palabra del poemario con suma curiosidad—. Son poemas —tartamudeó—, lo escribí todo a mano, comprendo si no te gusta...

—¿Estás bromeando? —preguntó Gaspar en un susurro—. Es lo más bonito que alguien haya hecho por mi alguna vez, Destan.

—¿Lo dices en serio?

—¡Por supuesto que sí!

Dicho esto, Gaspar se acercó a su rostro y frotó su nariz contra la de Destan con suavidad, provocando que el rostro de Destan enrojeciera todavía más. Posteriormente retomó su posición inicial, abrazando a Destan mientras hojeaba las primeras páginas del poemario en lo que comenzaba la función.

Para Destan fue todo un triunfo y estaba seguro de que Nicole se lo aplaudiría.

Especial Navidad

Destan no supo lo que era la navidad hasta el año en que conoció a Gaspar.

Todavía no decidía si le gustaba o no.

Todo comenzó con Gaspar decorando la panadería con montones de esferas de color rojo y dorado, montones de flores de nochebuena y figurillas de un tal *Santa Claus*, que en opinión de Destan, era una autentica atrocidad. Aunque las galletas que Gaspar había comenzado a preparar con temática de muñecos de jengibre y árboles de navidad como el de la esquina en la tienda eran encantadoras.

Arrugó la nariz al ver una figura sonriente de aquel viejo de sonrisa extraña entre las galletas nuevamente y Gaspar comenzó a reír a carcajadas.

—Eres como el Grinch, Destan.

—Ni siquiera sé qué es eso —protestó sin entender por qué a Gaspar le agradaba tanto el anciano ese.

—¿Nunca viste esa película?

—La única película que he visto en mi vida fue la que fuimos a ver al cine.

No le avergonzaba, para cuando el doctor Phoenix sugirió comprar una televisión, Destan ya había comprado más libros de los que podía leer en realidad y aunque la experiencia del cine había sido algo muy bonito, a él realmente no le interesaba comenzar a desarrollar un vicio por la televisión.

—Debemos ver juntos *El Grinch* antes de navidad —declaró Gaspar y Destan asumió que así sería, porque nunca le negaría nada a Gaspar—. Sugeriría que fuera durante navidad, pero seguramente tú y tu tío ya tienen planes.

—No lo creo, él no me ha dicho nada —dijo, estando seguro de que el doctor Phoenix ni siquiera había mencionado lo que era la navidad—. De todas formas, ¿qué se hace en estas fechas, eh?

Gaspar le miró sin comprender, Destan todavía miraba los detalles de las galletas que Gaspar recién había decorado.

—Ya sabes —dijo Gaspar sin convicción—, las cenas lujosas y cosas así.

—Nosotros no tendemos a tener cenas lujosas o algo así —dijo Destan, un tanto confundido por lo que sea que Gaspar estuviera pensando—. *Nunca.*

—¿Ni siquiera en navidad?

Se tentó a decir que ni siquiera sabía lo que era la navidad hasta que Gaspar se lo dijo, pero podría haber sonado algo estúpido considerando que era una celebración anual y no sabía si llevaba más de un año viviendo con el doctor Phoenix, aunque sí había llegado a ver en repetidas ocasiones las aparentes luces navideñas en las ventanas de algunos de los vecinos. Optó por hundirse de hombros, restándole cuánta importancia pudiera tener en realidad y preguntar al doctor Phoenix qué demonios era la navidad y por qué era tan importante en cuanto llegara a casa.

—¿Alguna vez hemos pasado una navidad juntos? —preguntó al doctor.

—No propiamente —dijo él, sin darle mayor importancia—. Digo, hemos pasado varios inviernos juntos, pero no vi porqué celebrar la festividad en sí.

—¿Tus padres no lo celebraban?

—En exceso, pero siempre se me hizo una celebración hipócrita —continuó diciendo, confundiendo todavía más a Destan—. Además, es una celebración demasiado gringa y, lo siento, pero yo soy latino. Cuando mucho podría celebrar el nacimiento del niño Jesús, pero tampoco soy religioso así que no le vi demasiado que aportar a nuestras vidas.

—Su apellido ni siquiera es latino...

—Nací aquí, así que...

—Al menos pudo mencionarlo, ¿sabe?

Antes de que pudiera decirle que había quedado como un ridículo ante Gaspar por no tener ni la menor idea de lo que era la navidad, el doctor se apresuró a hablar.

—Podemos establecer alguna de las dos tradiciones si eso quieres —dijo él, sonando un poco avergonzado—. Siempre creí que no tenía sentido inculcarte algo en lo que yo no creo, pero supongo que al menos debí presentarte las opciones como las religiones o las espantosas tradiciones navideñas, sean las mías o las genéricas.

—Creo que pudimos haber hablado de eso, sí —confesó Destan en un susurro—, pero aún no sé si puedo o no entrar a una iglesia y, personalmente, no tengo mucho interés en las tradiciones gringas —ni siquiera le interesaba demasiado el tema del sujeto viejo vestido de rojo—. Gaspar sugirió que debíamos ver una película en navidad.

—Pues deberían, estaría bien —dijo el doctor, al parecer aliviado de no tener que inducir a Destan a ninguna religión—. Después de todo, tengo entendido que la esencia de la celebración es pasar tiempo con las personas que más amas.

—Pero también lo amo a usted —dijo sin pensar. No es que no supiera cuáles eran sus sentimientos por el doctor, que se asemejaba bastante a lo más cerca que estaría de tener una figura paterna, es solo que, hasta ese momento, siempre sentía que debía guardar algo de distancia para no molestarlo con sus tontos sentimientos humanos.

—Siempre puedes volver a mí, yo lo voy a valorar muchísimo.

Sin embargo, no quería conformarse con volver, quería tenerlo presente en los mejores días familiares.

No supo qué decir y no lo pensó demasiado porque entonces entró Nicole al departamento con dos cajitas de regalo (lo que parecía otra tradición navideña: dar regalos), ambas llenas de dulces y dispuestas para el doctor y Destan debido a la ocasión.

Ahí descubrió que quería otorgar uno que otro regalo a las personas que más amaba y convenció a Gaspar de que lo acompañara al centro de la ciudad a hacer las compras ideales.

—Nunca he celebrado la navidad —le comentó a Gaspar mientras caminaban con los brazos entrelazados en busca de los regalos ideales—. Al doctor Phoenix no le interesa mucho, así que dice que podemos ver *El Grinch* en navidad.

—Oh —Gaspar pareció ligeramente sorprendido y apenado a la vez—. Podemos cenar también e invitar a tu tío.

—No creo que a él le guste mucho la idea...

—Creo que a él le encantaría cualquier idea que tuvieras.

Recordó la honestidad con la que el doctor Phoenix le había propuesto establecer tradiciones entre ellos y después de comprar los presentes adecuados y dialogar la situación con Gaspar, decidió que quería establecer una tradición con el doctor Phoenix: permanecer juntos.

—El día veinticuatro veremos películas y cenaremos con Gaspar en su casa —le dijo Destan al doctor con detenimiento para ser mejor escuchado—. El día veinticinco desayunamos juntos aquí y compartimos presentes, ¿estás de acuerdo?

El doctor pareció un poco atónito ante la declaración de Destan, sin embargo, no dudó al sonreír con autosuficiencia.

—¿Los tres?

—Claro —dijo Destan—, podemos invitar a Nicole y su padre a desayunar si el señor Rogelio está en servicio, también tengo presentes para ellos.

El doctor sonrió con dulzura y continuó leyendo el libro que Destan antes había interrumpido.

—Me parece perfecto.

Entonces Destan comprendió que ellos tendrían una muy especial navidad.

La luna en llamas

La noche era un escándalo y la luna estaba en llamas. Divisó el humo desde la terraza, cayendo como nube vaporosa sobre la ciudad. Escuchó al doctor Phoenix quejarse; algún idiota debió haber encendido una fogata en el parque. Algo debió haber salido mal, podía sentir como la textura rugosa y sofocante se impregnaba en sus pulmones poco funcionales.

Comprendió demasiado tarde lo que había salido mal.

"Viene de la panadería", dijo una señora mientras corría por la calle adoquinada. Quiso pensar que su preocupación se había disfrazado de un montón de personas corriendo por la calle con cubetas de agua, que era su mente engañándolo, jugando con su miedo a la mortalidad de sus seres queridos.

Miedo disfrazado de humo en sus pulmones. Miedo por el fuego consumiendo la panadería, a Gaspar. Ambos a una estrecha calle de distancia del parque.

El doctor se giró a verlo, todavía de pie en la terraza.

—¿Estás bien? —le preguntó al ver el terror en sus ojos.

—Iré a ver qué sucede —le contestó Destan tratando de sonar lo menos alterado posible mientras la preocupación devoraba sus pensamientos—. Volveré enseguida.

Destan pudo verlo asentir sin oponer resistencia alguna cuando salió corriendo de su hogar, bajando las escaleras a trompicones hasta llegar a la calle debido a que el elevador estaba tardando demasiado. El alma que no sabía que tenía, pesada y sofocante se derrumbó al observar el final de la calle pues la panadería yacía envuelta en tonos cenicientos, el humo se concentraba dentro.

Corrió en dirección a la panadería. El fuego había cesado, pero era incapaz de ver a Gaspar o de entender qué era lo que había pasado. ¿Acaso él estaba dentro de la panadería? ¿Acaso estaba *muerto*?

"*Sé que no tiendes a estar en mi contra, pero universo, por favor no juegues así*", suplicó internamente mientras trataba de acercarse.

Los vecinos rodeando el lugar, envueltos en mantas, cobijas y viejos suéteres le hacían imposible localizar a Gaspar. Los cuchicheos a su alrededor solo lo hacían más complicado.

Cerca de la entrada, ahora un montón de vidrios rotos y madera chamuscada, un oficial de policía habló; les pidió volver a sus casas, prometiendo abrir una investigación respecto al incendio. Al parecer alguien había querido quemarla, verla caer hasta el suelo, volviéndose cenizas. Todavía no era capaz de encontrar a Gaspar.

La idea de un mundo sin Gaspar sonaba aterradora.

¿Cómo sería el mundo sin la risa de Gaspar? ¿Cómo sería su mundo sin poder salir a respirar en compañía del joven muchacho con amor a la panadería? No estaba listo. No había memorizado cada sonrisa, todavía le faltaba tiempo, no había sido suficiente. Sabía que no tenía demasiado tiempo, pero él jamás pensó que sería tan breve.

Pero, esta vez,
el universo no
estaba en su contra.

Encontró a Gaspar, sentado en el suelo adoquinado, envuelto en una manta mugrienta con el rostro sucio, abrazando con todas sus fuerzas a su gato teñido de negro. Estaba destrozado. Destan se sintió igual al observar su mirada quebrada. Por primera vez, Gaspar no le regaló sonrisa alguna. No había felicidad en él. Gaspar estaba destrozado. Ambos lo estaban.

—¿Gaspar? —preguntó, sintiendo su voz quebrarse.

El joven elevó la mirada en su dirección. La conmoción se cristalizó y pronto las lágrimas comenzaron a fluir, limpiando su piel cenicienta. Destan sintió rabia y tristeza a la vez. ¿Por qué alguien haría algo así? ¿Por qué alguien pondría empeño en dañarlo? ¿Por qué? ¿Qué tenían de malo esas personas que le hacen el mal a alguien de esta forma? Habían reducido la vida de Gaspar a un montón de cenizas tapizadas con mugre.

Él respiraba, pero su corazón y alma estaban hechos pedazos.

Sostuvo a Gaspar, poniéndolo en pie y abrazándolo mientras sollozaba y trataba de explicar lo que había sucedido entre lamentos.

—Necesitaba salir, la luna estaba brillante —decía Gaspar entre tartamudeos—. *Pay de calabaza* comenzó a maullar desconsoladamente en cuanto cerré la puerta y entonces olí el fuego. Apenas y tuve tiempo de regresar antes de qué... antes de qué... Lo entendía. Quería decirle que lo hacía. Podía ver cómo su mundo había disminuido gradualmente, sin darle a Gaspar otro hogar en el cual existir ahora que el suyo estaba hecho cenizas. Amargamente, sabiendo que nunca sería lo mismo, Destan decidió prestarle uno, regalárselo en silencio, compartirlo como el doctor lo había compartido con él.

Fueron recibidos en la puerta por el doctor Phoenix. El anciano luchaba contra su propia confusión y se mordía la lengua como favor a Destan para no incomodar.

Gaspar buscó explicarse lo mejor que pudo, pero Destan no percibió nada diferente a la primera versión. No había forma en la que alguno de los tres pudiera deducir que es lo que había sucedido. Al doctor realmente no le importaba, le dijo a Gaspar que podía quedarse durante todo el tiempo que fuera necesario y más, si así lo quería.

Temeroso de que la frágil convivencia se rompiera, Destan le ofreció su habitación a Gaspar. No es como si él fuera a dormir ahí. El tiempo solo transcurría cuando se recostaba en la cama, si es que lo hacía.

Al doctor de nuevo no le importaba, pero Gaspar quiso oponerse. Antes de que surgieran preguntas con respuestas que no habían practicado antes, el doctor se dirigió a Gaspar con unas cuantas preguntas en la punta de la lengua.

—¿Su panadería y hogar tienen algún seguro?

La pregunta lo tomó tan de sorpresa, que las réplicas acerca de la habitación se esfumaron en el aire de inmediato. Entonces Gaspar tragó en seco y contestó con voz rota.

—Sí, para accidentes. Solo que no fue un accidente y se supone que todo cae en manos del responsable.

—Por eso hablaban de una investigación —recordó Destan.

Gaspar emitió una pequeña risita irónica, algo que causó escalofríos en Destan. ¿Cómo podía existir una sonrisa tan triste y fría? ¿Cómo podía provenir de él, del joven más alegre y radiante que jamás podría haber conocido?

—Sí, pero no van a encontrar nada —contestó, seguro de lo que decía.

—¿Usted sabe quién fue, Gaspar? —volvió a preguntar el doctor.

—No.

—¿Entonces por qué cree que no van a encontrar nada?

—A los policías no les gustan los *maricas*, por eso sé que no van a encontrar nada, ni les interesa encontrar nada.

—No usamos la etiqueta "*marica*" en esta casa —contestó el doctor seriamente.

El rostro de Gaspar enrojeció, haciéndolo lucir avergonzado. Destan miró suplicante al doctor, tratando de no dejar que la tensión ganara, que el pequeño equilibrio no se rompiera, pero el doctor no parecía arrepentido de lo que había dicho, ni preocupado por la vergüenza de Gaspar. Se veía molesto.

—Parece que no tienes heridas como tal, deberías bañarte y dormir. Tengo un contacto que tal vez pueda ayudar, pero quédate cuánto gustes.

Mientras se dirigía a la habitación que Destan le había cedido, Gaspar agradeció avergonzado. Destan esperó a que la puerta se cerrará con Gaspar ya en la habitación para girarse a ver al profesor con reproche.

—Si él se auto desprecia, es asunto de él —gruñó el doctor—, pero mientras este insultando esa parte de sí mismo, también ha de insultar la tuya y te lo advierto, Destan: bajo mi techo no va a haber hombres que llaman *marica* a otros hombres.

Se quedó sin saber qué contestar. Estaba seguro de que al doctor no le interesaba ninguna réplica o comentario al respecto pues se dio la vuelta en dirección a su habitación y le abandonó, deseándole un silencioso "buenas noches".

Las siguientes horas, Destan las pasó acostado en el sillón de la sala de estar. Jamás había pasado tanto tiempo observando un techo que no fuera el de su habitación, aguardando a que las horas transcurrieran. Todavía podía sentir el olor a ceniza en el aire, asfixiándolo a cada minuto junto a las palabras de Gaspar; a la policía no le interesaba lo suficiente. Gaspar podría haber muerto y no les podría importar menos.

¿Cómo podría ser así de injusto el mundo?

Pasos silenciosos irrumpieron entre sus pensamientos, deslizándose por el corredor. Se incorporó en el sillón, agudizando su vista para distinguir entre el doctor o Gaspar. No se sorprendería si solo era el gato de Gaspar vagando por la casa.

—No estás dormido —susurró Gaspar, quedando de pie en la sala de estar.

Su cabello negro estaba revuelto, su piel se encontraba limpia. Las cenizas se habían ido, pero Destan las olía y estaba seguro de que Gaspar también lo hacía.

—¿Sucede algo? —preguntó Destan, también susurrando.

—Solo te buscaba —aclaró Gaspar—. Te quería pedir una disculpa. Tu tío debe odiarme. Lo siento muchísimo, jamás había usado esa palabra, ni siquiera sé por qué lo hice en esta ocasión...

—Está bien, Gaspar.

—No, no está bien —insistió Gaspar—. Sí, estaba estresado, aterrado y... mierda, el mundo se me vino abajo en segundos y hablar así cerca de ti, quien me ha prestado un pedazo de su mundo, no está bien...

—Pero entiendo que estés mal y que digas cosas así...

—¡Y eso es muy lindo de tu parte! —se apresuró a decir Gaspar, sentándose en el sillón junto a Destan—. Pero yo me comporté mal y por eso vine a ofrecerte una disculpa.

—E insisto en que no es necesario.

—Para mí lo es y es muy importante para mí que entiendas que me importa.

—Lo sé, Gaspar.

Lo observó asentir con suavidad, observando a la nada durante un momento antes de girarse a observar a Destan con los ojos rojos y llenos de lágrimas.

—¿Puedo pedirte una cosa?

—Claro —susurró; él podía pedirle lo que fuera—, ¿qué sucede?

—¿Puedo quedarme a dormir aquí contigo?

—¿Aquí, en el sillón?

—Tu cama es una piedra, no sé cómo duermes así —quiso bromear, pero la sonrisa murió pronto y se sintió algo lamentable—. Además de que... cada que cierro los ojos, lo veo todo de nuevo, consumiéndose.

No vaciló al aceptar por lo que Gaspar prácticamente le saltó encima y le abrazó, hundiendo la cabeza en su pecho, pese a ser pequeño en comparación con él. Sin embargo, se aferró a él con fuerza, manteniéndolo a su lado durante toda la noche. Seguro y cómodo; justo como en casa.

Una pequeña promesa brotó en el fondo de la cabeza de Destan: *"ahora yo cuido de ti"*, tal cual Gaspar llevaba haciéndolo con él algún tiempo.

Retazos de un alma destrozada

El incendio de su panadería lo hizo sentir muy acercado hacía los sentimientos del duelo que paso con su madre: iniciando por la tristeza, pasando por el enojo y yendo un poco por la negación, pues estaba convencido de que, si cerraba los ojos con suficiente fuerza, al abrirlos se encontraría con que nada malo había sucedido en realidad. Sin saber en qué parte del duelo se encontraba en realidad o cómo proceder ahora que lo había perdido casi todo, procedió con su terapia de grupo.

Los ancianos le dieron su más sentido pésame, se ofrecieron a colaborar con las reparaciones (aunque él se negó muy firmemente, sabiendo que jamás volvería a sentirse seguro en ese lugar que de pronto ya no era su hogar) y finalmente accedieron a dejarlo descansar en silencio, sentado en una silla sin decir ni escuchar nada más.

No fue una sorpresa para él que Lorena, la antigua amiga de su madre, no dijera nada al observarlo desaliñado y deprimido por los acontecimientos, pero fue un terrible presagio cuando ella salió prácticamente corriendo detrás de él para poder tenerlo en frente y en privado. Por algún motivo que él mismo desconocía, no quería escuchar nada de lo que tuviera que decir, *de alguna manera sabía lo que ella quería decir.*

—Lo lamento muchísimo, Gaspar —comenzó a decir ella.

Deseando que la conversación se acabará lo más rápido posible, él forzó una sonrisa y metió sus manos en los bolsillos del saco que Destan le había prestado. Los últimos días había sido más que un encanto, procurando a Gaspar, compartiendo sus cosas y velando por su bienestar tanto que incluso se había ofrecido a acompañarlo a su sesión de terapia esa tarde, pero Gaspar había sido necio y ahora se encontraba solo y en una situación en la que no quería estar.

—No se preocupe, señora —sonrió él con desgano—. Cosas así pasan todo el tiempo, ¿no es así?

—¡Por supuesto que no! Intenté advertirte —dijo ella con voz lastimera—. No dimensioné lo que podría pasar en realidad, *debí esforzarme más...*

—Nada de esto es tu culpa —dijo él, tratando de detener cada palabra que brotaba de sus labios.

Antes de que pudiera decir algo más, una figura emergió de entre los automóviles aparcados en la calle, Gaspar maldijo para sus adentros al visualizar al hijo de Lorena de pie frente a ella y deseó que Destan estuviera ahí al menos para ayudarlo a dar media vuelta e irse, en su lugar, sus pies se negaban a cooperar después de todo.

—Creí que habíamos dejado en claro que no ibas a hablar con *este*, madre —dijo mordazmente.

Gaspar pudo distinguir algo de regocijo en su mirada, pero genuinamente intentó ignorarlo, no mirar en su dirección.

—Debería irme, Lorena —dijo él, buscando dar media vuelta.

—Al menos él lo entendió —dijo el hijo de Lorena con carcajada rasposa—. El mensaje quedó más que claro, ¿verdad, mariquita? —Gaspar intentó ignorar lo que significaban esas palabras, lo que fuera que estuviera insinuando aquel hombre no era algo que quisiera entender; sin embargo, no estaba dispuesto a ceder—. Así se hace, huye —dijo mientras su madre trataba de hacerlo callar—. Huye antes de que quedes hecho cenizas como ese estúpido lugar.

De pronto le inundaron las certezas y la hostilidad envenenó el corazón de Gaspar, pues Lorena en realidad tenía razón: él ya no era bienvenido en la ciudad. Debió correr al único lugar en el que sería recibido, pero en su lugar cometió el error de retroceder y soltar un puñetazo directo a la mandíbula de aquel hombre.

Tal parecía, no era lo suficientemente fuerte como para defenderse a sí mismo y los gritos de Lorena no intervinieron a su favor. Gaspar cayó sobre sus palmas y rodillas al momento en el que el hombre le devolvió el golpe en la cabeza, a continuación, vinieron las patadas y un breve momento de inconsciencia interrumpido por la sangre del labio roto que tuvo que escupir mientras tosía débilmente debido a la ausencia del aire en sus pulmones.

Lorena consiguió apartar a su hijo y Gaspar quedó tendido en el suelo frente a la iglesia apenas pudiendo respirar con normalidad. Estaba hecho de retazos, su alma estaba destrozada y su cuerpo apenas podía generar movimientos sin caer en el intento. A trompicones se puso de pie, caminando desorientado en dirección al único lugar en el que de momento podía sentirse seguro, el hogar de Destan y el doctor Phoenix.

Se arrepintió al tocar la puerta del departamento y encontrarse con la mirada preocupada de Destan posada sobre él. Gaspar cayó de rodillas frente a él, cediendo a sus rodillas adoloridas y a las lágrimas que se aglomeraron en sus ojos, de pronto estaba tratando de dar explicaciones, pero apenas y conseguía tartamudear sin llegar a nada.

Con cuidado, Destan se colocó de rodillas frente a él y le abrazó con firmeza. Fue entonces cuando Gaspar se rompió finalmente y comenzó a sollozar.

—Odio que me veas así —comenzó a decir entre sollozos poco coherentes—, me siento muy avergonzado de quien soy en estos momentos...

—Pero yo amo quién eres —susurró Destan apartándose un poco del abrazo para sujetar el rostro de Gaspar entre sus manos con suavidad—. Amo todo de ti.

—¿Incluso esto?

—Incluso esto, Gaspar.

Gaspar se volvió a aferrar a los brazos de Destan, de pronto sintió que era el único lugar en el mundo que podría sostener todos los retazos de su destrozada alma.

Supongo que nos pertenecemos

A pesar de los montones de libros de medicina que el doctor Phoenix le había hecho leer con anterioridad, Destan no estaba seguro de lo que estaba haciendo. Las rodillas y las palmas de Gaspar estaban talladas superficialmente y pese que podía oler la sangre seca en ella, no estaba particularmente fascinado como pensó que siendo vampiro lo estaría.

Más bien, estaba alarmado.

Gaspar apenas y se había quejado con la pomada para raspaduras, no había dicho demasiado después de que lo ayudó a ponerse en pie y lo guio hasta la habitación, se limitó a abrazar una almohada mientras Destan limpiaba las heridas en sus rodillas, escalando pacientemente hasta las palmas de las manos de Gaspar y colocando una compresa en su labio roto.

Al final ambos se encontraban sentados en la orilla de la cama, con las manos y rodillas de Gaspar sujetas a un par de gasas con pequeñas vendas que Destan encontró en el botiquín de primeros auxilios.

—¿Me dirás qué fue lo que sucedió?

Había algo gestándose en el interior de Destan, un enojo irracional contra lo que sea que provocó las raspaduras de Gaspar, que bien pudo haber sido una caída o *alguien* de quien Gaspar no le había hablado todavía.

—¿Aceptarías un no por respuesta? —preguntó Gaspar con la voz rota.

—Aceptaría lo que fuera de tu parte —confesó Destan con un hilo de voz—. Sin embargo, necesito saber que estás bien más allá de lo físico.

—Estoy bien, lo prometo.

Destan sabía que mentía, pero no se sentía cómodo insistiendo, por lo que aceptó tal respuesta como había prometido anteriormente.

Gaspar dejó caer su cabeza sobre el hombro de Destan, quien pudo escuchar un suspiro tembloroso por parte del muchacho y sintió escalofríos de solo pensar que algo ocurría con él y Destan no sabía protegerlo.

—Gracias, por cierto —susurró Gaspar con una pequeña risita—. Limpiaste mis heridas y me acogiste en tus brazos: supongo que ahora te pertenezco.

Destan contuvo la respiración al escuchar las palabras de Gaspar.

—Solo si así quieres que sea —dijo en un pequeño susurro.

—Quiero —contestó Gaspar, eso no sonaba a una mentira.

—Entonces supongo que nos pertenecemos uno al otro.

De momento eso era más que suficiente para los dos.

Miedo

—¿Nunca has pensado en salir huyendo? —preguntó Gaspar en un susurro, con ambos recostados en el sillón de la sala de estar en la oscuridad.

Destan no tenía nada más que decir, más que la verdad.

—No —porque tenía todo lo que podría querer—. ¿Y tú?

—A veces es todo lo que pienso.

Destan lo comprendía o al menos quería comprenderlo.

—Personalmente no tengo otro lugar a donde ir —le dijo Destan en un susurro—. Este es mi hogar.

—Eso está bien porque tú eres mi hogar —contestó Gaspar, depositando un pequeño beso en la mejilla de Destan antes de acurrucarse a dormir.

Las palabras de Gaspar resultaron un tanto contradictorias cuando un día después de clases se encontró con una señora de vestido esponjoso y elegante sentada en el comedor de su departamento. El doctor la observaba con recelo, ella se limitaba a beber té con indiferencia mientras Gaspar se mantenía en el medio con la cabeza gacha, temeroso de cualquier interacción que pudiera llegar a ponerlo en evidencia.

—Buenas tardes —fue lo único que supo decir Destan al entrar al comedor.

—¡Hijo! —dijo el doctor Phoenix con mayor alivio—. Te presento a la señorita Isabella Guzmán, la tía de Gaspar.

—Es un placer, señora Guzmán —dijo Destan vacilante.

Ella ni siquiera se giró a mirarlo, la observó sonreír de perfil como una elegante sombra; ella era joven, tenía la piel pálida en comparación a Gaspar, el cabello recogido en una cebolla impecable, su vestido se veía costoso, como las fotografías de los vestidos que usaba la madre del doctor Phoenix, y tenía la piel libre de arrugas al igual que las manos suaves, como si nunca en su vida hubiera trabajado, a diferencia de Gaspar. Gaspar nunca la había mencionado, eso y la presencia de la mujer le hicieron sentir escalofríos.

—El placer es todo mío, querido —dijo ella, aunque no sonaba del todo cierto—. Es delicioso conocer finalmente al muchacho que le ha dado asilo a mi sobrino estos días. Me alegra añadir que eso ya no es necesario.

—La panadería aún no ha sido restaurada —dijo él, sin comprender a qué se refería ella.

—Esa cosa vieja probablemente nunca lo estará —se carcajeó ella y Destan notó como Gaspar se hizo pequeño en su silla, lo que hizo que Destan la odiará de inmediato—. Cuando su madre murió, me encomendó cuidar de Gaspar. Vaya sorpresa que me he llevado cuando lo encontré aquí, y todo lo que mi tonta hermana construyó para él, vuelto cenizas.

—Aún se busca al responsable, señora Guzmán —dijo el doctor de la manera más civilizada posible, aunque era bastante notorio que a él tampoco le agradaba aquella mujer—. Tal como se lo dije a Gaspar, él puede quedarse cuanto tiempo guste hacerlo, después de todo, es un adulto.

—Por lo mismo debería estar aportando económicamente, ¿no es así?

—No nos falta nada, no le estamos rentando. Es un invitado.

—Es un arrimado...

—Él es amado —dijo Destan sin importar lo poco educado y descortés que pudiera sonar—. Aquí es amado y respetado, no se le considera un "arrimado" porque colabora en casa, es parte de nuestro sistema y aunque no hiciera nada, mi padre tiene razón, Gaspar es un invitado y él puede quedarse cuanto tiempo guste quedarse.

La sonrisa se borró de su rostro, miró a Gaspar, sentado con la cabeza baja, el labio todavía ligeramente hinchado debido a lo que sea que le había sucedido una semana atrás. Lo había visto triste en otras ocasiones, pero en esta ocasión parecía aterrado.

—¿Quieres quedarte? —preguntó la mujer despectivamente.

—Me encantaría hacerlo —dijo Gaspar con voz temblorosa, pero sin vacilar.

En ese momento la señora se levantó, dejando a medias su taza de té y observando a todos los presentes por encima del hombro.

—Sabes a donde volver cuando vuelvas a perder —dijo ella. En su voz podía notarse que esperaba que Gaspar volviera a perder.

En cuanto se despidió, Gaspar se puso de pie y caminó directamente a Destan para aferrarse a él. Incluso siendo más grande que él, Gaspar cabía perfectamente en sus brazos.

—No puedo volver a su casa —dijo Gaspar, suspirando después de haber contenido demasiado la respiración—. Es horrible y fría, Destan.

El miedo en su voz escondía algo más de lo que Gaspar decía en realidad, por lo que le permitió aferrarse y se comprometió a no dejarlo ir a ningún lado, quería compartir su hogar durante lo que la eternidad le permitiera.

Los monstruos no hablan de amor

Destan no podía dormir, pero en él era un efecto normal en comparación a Gaspar que era humano y no conseguía conciliar el sueño por largos lapsos después de lo que sucedió en la panadería. En consecuencia, Destan le hacía compañía hasta que se quedaba dormido y luego él pretendía hacerlo también hasta que llegaba la hora de levantarse para hacer sus deberes e ir a la universidad.

En ocasiones, Gaspar se preocupaba por hacer que Destan se desvelará, por lo que, para cada día, Destan buscaba estar más que dispuesto y fresco para no preocupar a Gaspar en absoluto.

—¿Sabes lo que dicen de los monstruos? —preguntó Gaspar en una de esas ocasiones en las que ambos se mantenían en vela.

La pregunta le generó escalofríos a Destan, tragó en seco y se negó a mirar a Gaspar. La palabra sonaba sumamente familiar en su cabeza, era un constante recordatorio de lo que realmente era por más que intentara no serlo; estaba seguro de que algo andaba muy mal con él como para sentirse tan humano como lo hacía, dado que no lo era: él era *un monstruo*.

—¿Qué es lo que dicen de los monstruos? —se arriesgó a preguntar con la garganta seca y el pánico inundando su corazón.

—Qué ellos no saben amar —susurró él, recargando la cabeza contra su pecho, como solía hacerlo con ambos apretujados en el sillón de la sala de estar porque Gaspar no quería estar solo—. Los monstruos no tienen corazón, pero yo tengo el tuyo siempre conmigo, guardado en el bolsillo de mi camiseta, tan cerca de mi propio corazón como puedo porque tú no eres un monstruo, Destan.

Volvió a tragar en seco, su rostro enrojeció cuando Gaspar sacó del bolsillo de su pijama la primera carta de amor que le hizo todavía doblada en forma de corazón, aunque un poco desgastada por las ocasiones en las que Gaspar había sentido la necesidad de leerla una y otra vez.

—Dijiste que me encontraría con un sujeto horrible, *un monstruo*—susurró Gaspar, recordándole el contenido de la carta—. Los monstruos no aman, pero tú me lo has dicho y demostrado tantas veces...

—No sé qué decir al respecto —confesó Destan en un pequeño susurro—, pero soy completamente honesto cuando te digo que te amo.

—Lo sé —dijo Gaspar con una pequeña sonrisa—. Nunca he conocido a nadie tan honesto como tú. Estoy orgulloso de la persona tan increíble en la que te estás convirtiendo, Destan.

—No sé en qué clase de persona me estoy convirtiendo —confesó.

—En la mejor de todas —susurró él—. Me siento tan seguro a tu lado, que me es imposible creer que tú mismo te consideres un monstruo. Los monstruos no hablan de amor, no saben lo que es eso y tú eres todo lo que el amor puede significar para mí. Tu no me haces querer huir de todo, no tengo a donde ir si no es junto a ti.

Sus palabras se fueron apagando lentamente, la cabeza de Gaspar poco a poco cedía ante el sueño más propio del humano y pese a que quería creer en cada una de las palabras de Gaspar, Destan, en comparación, no podía dormir; era una criatura nocturna pretendiendo humanidad debido a los tercos sentimientos, producto de su complejo de humano que sabía que lo destruiría por dentro.

No importaba mientras no destruyera a Gaspar.

Estaré a tu lado

Esta vez, cuando Destan se ofreció a acompañarlo a su terapia grupal, Gaspar aceptó de inmediato y sin siquiera pensar en las consecuencias de ello. En un inicio todo fue pacífico, Destan quedó deslumbrado por la iglesia como si nunca antes hubiera ido (lo cual era ridículo, estaba seguro de que en algún momento debió de haberlo hecho), los ancianos de la terapia los recibieron gustosos, diciendo que estaban felices de que algo bueno hubiera resurgido de entre las cenizas para Gaspar, dados los acontecimientos de las últimas semanas.

Halagaron la cordialidad de Destan y, de pronto, la terapia grupal se convirtió en una animada charla sobre la cotidianidad de Destan y Gaspar que consistía en Destan cuidando del doctor, yendo a la universidad y cuidando de Gaspar mientras Gaspar se ocupaba de la comida y un poco de la limpieza cuando Destan no estaba viendo. Estaba más que claro que Destan era el protector y los ancianos estaban convencidos de que era la persona que Gaspar había esperado toda su vida.

No era para menos.

Gaspar se sentía seguro a lado de Destan. Podía ser que se viera más delgado y pequeño en comparación de Gaspar, pero era fácil refugiarse en él, sentirse resguardado en sus brazos, y aunque Gaspar recién se había comenzado a familiarizar con el aislamiento, no se sentía así tratándose del hogar que Destan le había prestado para no tener que lidiar con la situación en la que se había convertido su vida y poder llorar por la vida que había perdido.

—Estaré a tu lado —bastó que dijera Destan para que él confiara ciegamente en que así sería y decidiera retomar la terapia grupal.

La terapia grupal era lo único que quedaba en pie del mundo de Gaspar, por lo que dejar a Destan entrar por completo en su mundo fue una muestra de gratitud por todo lo que Destan ya le había regalado.

Luego las consecuencias lo golpearon en el rostro.

Ni siquiera se había percatado de la ausencia de palabras por parte de Lorena, su cabeza no quería regresar a ese día en el que resultó tirado frente a la iglesia por culpa de su estúpido hijo y las ideas que tenía el sujeto en la cabeza, las cuales Gaspar ni siquiera había comenzado a entender.

Estaban saliendo de la iglesia de la mano del otro cuando Lorena se aproximó a ellos con expresión preocupada. Gaspar había estado intentando esconder sus palmas magulladas y la ligera inflamación en el labio para no tener que preocupar a nadie, pero de pronto ella miraba a través de él y no había más que horror en su semblante. Afortunadamente lo disimuló a la hora de presentarse y estrechar la mano de Destan.

—Es todo un placer conocerte —dijo ella a Destan, de inmediato se giró a ver a Gaspar y el arrepentimiento volvió a inundar su mirada—. Quería disculparme por todo, Gaspar, las acciones de mi hijo no tienen justificación alguna...

El rostro de Destan se crispó de inmediato, rápidamente atando cabos, aunque Gaspar no podía saber qué tan rápido iba la cabeza de Destan en ese momento; prefería no arrastrar a Destan a ese desastre, por lo que sujetó su mano con firmeza, sonrió forzosamente a Lorena y comenzó a caminar.

—Ya no tiene importancia, Lorena, pasó hace mucho.

Tal vez podría excusarse más tarde con Destan sin tener que decirle que el responsable del incendio había tenido la desfachatez de dar la cara y, encima de ello, golpearlo tal cual lo había hecho cuando solo tenía doce años, la primera vez que supo que su vida estaba condenada a no ser un cuento de hadas. En el fondo todavía era un niño deseoso de su final feliz, pero no habría final feliz si Destan supiera todo lo que conllevaba estar con Gaspar, el chico de los romances malditos, tal cual su tía se lo había dicho una vez.

El verano en el que cumplió doce años lo condenó, seguía siendo ese niño asustado que había sido golpeado por un adulto cuando descubrió que tenía una pequeña relación secreta con su hijo. Fue la primera vez que el mal presagio fue anunciado: Gaspar nunca sería del todo bienvenido en la ciudad. Su madre lo mandó a la casa de su tía Isabella, una casa maldita habitada por una terrible bruja que muy de vez en cuando sonreía y compartía sus terribles presagios.

—Está más que claro —decía ella a menudo—, lo veo escrito en tu futuro: eres el chico de los romances malditos.

Su madre solía decirle que no tenía por qué creer en todas las locuras de su tía Isabella, pero algo en sus entrañas le gritaba alarmado que ella sabía cosas y lentamente se estaba convirtiendo en el muchacho del que ella hablaba. Por lo tanto, debía alejar a Destan del caos, resguardarlo como él lo había protegido anteriormente.

—Tienes que salir de aquí —advirtió Lorena con la voz rota—. Él ha perdido la cabeza, lo has visto. Gaspar, él ya amenazó con tu integridad una vez...

Destan finalmente ató cabos.

—Podría volver a intentarlo entonces —dijo Destan, reafirmando su agarre sobre la mano de Gaspar—. Es él quien no es bienvenido en nuestras vidas, por lo tanto, es él quien debería tener cuidado.

Las palabras de Destan sonaron como una amenaza. De alguna manera podía ver al muchacho tímido y risueño que entró la primera vez a su panadería desvaneciéndose en ese momento, parecía seguro de sí mismo y, hasta cierto punto, peligroso con una convicción alarmante que produjo sensaciones extrañas en Gaspar.

Se sentía confundido. Las palabras de Destan habían conseguido hacerlo sentir más que seguro, se daba cuenta de lo dispuesto que Destan estaba a apoyarlo. A su vez sentía terror, pero no por la sólida amenaza de Destan, sino por las palabras con las que su tía solía burlarse de él cuando nadie estaba prestando atención y la forma en la que, lentamente, Destan y Gaspar se convertían en uno de los romances malditos de Gaspar.

Todo por su culpa, todo por haber permitido a Destan envolverse en su tragedia creyendo que podía tener un final feliz.

Se alejaron de Lorena a paso veloz, el aire frío de la noche de invierno buscó traer de vuelta a la realidad de Gaspar, trató de convencerlo de que su tía solo había estado delirando toda su vida y, tal como habían dicho los ancianos, Destan era todo lo que Gaspar había estado esperando toda su vida: un amor real, dulce y cuidadoso.

No eran otro romance maldito, Gaspar no lo iba a permitir.

Ellos no estaban condenados, estaban juntos y eso era lo que importaba.

Nosotros nos protegemos

Todo estaba marchando relativamente bien hasta que dejó de marchar en absoluto bien.

Habían conseguido llegar a un acuerdo tácito en el que Gaspar se ocupaba de la comida, el pan y cuidar al doctor Phoenix mientras Destan estaba en clase, solo para que Gaspar se sintiera cómodo debido a que no hacer nada en casa de los Phoenix le parecía de lo más irrespetuoso, aunque en reiteradas ocasiones le decían que estaba más que bien. Aunque la pequeña Nicole que de vez en cuando comía con ellos había reiterado en más de una ocasión que prefería la sazón de Gaspar.

Aprovechaban los domingos para comprar la despensa en conjunto, aunque recientemente Destan había comenzado a sentir distante a Gaspar, como si hubiera algo que no le hubiera contado; en efecto, Gaspar no le había contado quién lo golpeó o quién sospechaba que había incendiado la panadería, aunque estaba más que claro que, de alguna manera, lo sabía, y estaba procurando mantenerlo en secreto.

Destan únicamente respetaba sus secretos porque sabía que a él mismo no le gustaba hablar de sus propios secretos.

No tenía idea en qué momento las cosas comenzaron a marchar mal. Estaba demasiado concentrado con las compras como para concentrarse en algo más hasta que Gaspar se quedó paralizado y Destan tuvo que detenerse a mirar en su dirección para analizarlo a él y a su entorno. No tenía idea de cuánto tiempo Gaspar había estado escuchando susurros de la gente en el sitio hasta que él mismo escuchó de un lugar indefinido:

—Yo no entiendo como no comprende que no es bienvenido aquí.

Entonces Gaspar entró en pánico y salió corriendo, Destan apenas y supo reaccionar, corriendo detrás de él y conteniendo el enojo que le provocaba el odio tan estúpido de la gente por algo que ni siquiera les concernía. Era en esos momentos cuando Destan agradecía no conocer a la gente, la gente no se daba a conocer del todo bien con comentarios tan estúpidos.

Llegaron corriendo a El centenario, Gaspar presionó en reiteradas ocasiones el botón del elevador, pero al no obtener respuestas corrió a las escaleras, preso del pánico y la necesidad de resguardarse donde pudiera. Se resbaló al cabo de tres escalones, Destan lo sostuvo con la mirada de la pequeña Nicole puesta sobre ellos con preocupación. Gaspar rompió a llorar en cuestión de segundos.

—*Lo siento tanto*—comenzó a decir él con la voz rota, quebrando el corazón de Destan con sus sollozos—. No sé qué demonios me sucedió, sentí tanto miedo, de pronto recordé todo lo que sucedió con la panadería, las llamas nublaron mi juicio...

—Está bien —susurró Destan, acogiendo a Gaspar en sus brazos con suavidad y firmeza—. No tienes que explicar nada, está bien.

—Es que estoy tan asustado...

—Tienes motivos para estarlo, pero te prometo que todo va a estar bien, verás que si... No voy a permitir que te suceda nada malo otra vez.

Gaspar lloró contra el pecho de Destan sin poder llegar a controlarse.

—¡No dejaremos que nada te suceda! —irrumpió Nicole sosteniendo un palo de escoba rota y una expresión de molestia bastante clara—. Nosotros nos protegemos porque nos queremos, así que te vamos a cuidar.

El gesto de la niña enterneció a ambos muchachos, de pronto los conflictos no se veían tan grandes, el pánico se había extinguido y le habían hecho un espacio a la pequeña Nicole para que se uniera al abrazo y frotara su melena pelirroja en el pecho de ambos muchachos como manera de consuelo. De alguna manera existía una promesa: mientras estuvieran juntos, todo estaría bien porque *ellos se protegían*.

La luz en la habitación

La mañana había sido extraña. Gaspar se había levantado muy temprano en la mañana del sábado y le había pedido que saliera a comprar algunas cosas para hacer el desayuno, no se había dado cuenta de que Nicole ya estaba en el departamento y el doctor tarareaba algo desde la ducha, aunque últimamente guardaba mucho silencio.

Era una mañana extraña, pero se alegró de colaborar de alguna forma, por lo que hizo una lista de las peticiones de Gaspar y se dispuso a ir al mercado.

De regreso se encontró con Rogelio, el portero, lucía preocupado y se revolvía el cabello con desesperación.

—Buenos días, señor Rogelio —dijo Destan cortésmente, acercándose al hombre a ver si podía ayudarlo con algo—. ¿Sucede algo?

—Es Nicole, mi hija —dijo el hombre con preocupación—. No la encuentro por ningún lado, algunas otras veces desaparece de la nada, pero llevo todo el día sin verla...

—Ella lleva toda la mañana en el departamento de mi tío —dijo Destan, pensaba que él lo sabía—, si no mal recuerdo, ella estaba realizando su lectura de vacaciones para el colegio.

El hombre suspiró aliviado al escuchar sobre el paradero de la niña, juntos entraron al edificio, aunque Rogelio caminaba vacilante a un lado de Destan hacía el elevador.

—Lamento muchísimo esto —dijo el hombre muy apenado—. Le he dicho una y mil veces que no moleste...

—Ella no molesta, deje de preocuparse por ello —dijo Destan, observando su vacilación con algo de preocupación—. En todo caso, puede subir a ver cómo está ella cuando usted guste. Usualmente está metida en mi casa...

—Eso sería una total falta de respeto, no puedo vagar por las casas de los residentes...

—Usted es bienvenido —dijo Destan con convicción—. Tanto como Nicole, ella es una niña encantadora. Adelante, vayamos a verla para que esté más tranquilo.

El hombre miró su puesto de trabajo con vacilación; la señora de intendencia que limpiaba el vestíbulo le aseguró que ella podía encargarse del puesto cuanto tiempo demorara y Rogelio subió junto a Destan hacía el departamento.

—Gaspar debe estar preparando el desayuno —dijo al abrir la puerta del departamento y percibir el olor de pan caliente—. Adelante, pase.

Ambos se dirigieron hacía la cocina. Destan lentamente se estaba volviendo un poco tolerante a la comida humana debido a que no había forma de esconderle su falta de apetito por ella a Gaspar, menos con él dedicándose a la cocina casi por completo. Algunas cosas sabían menos agrias que otras y en ocasiones podía percibir sabores dulces o salados de manera en la que lentamente se acostumbraba a ellos; el doctor estaba fascinado con ese acontecimiento, pero no tenía la suficiente energía como para llevar una bitácora sobre el tema.

Se encontraron con Nicole platicando con el doctor Phoenix en la mesa mientras ella trazaba figuritas en la masa de galletas que Gaspar debió preparar para divertirla y el doctor Phoenix leía por encima su periódico, luciendo un poco más entretenido por las ocurrencias de la niña de dibujar a Santa Claus atorado en una chimenea en la masa de galletas.

—¡Nicole! —dijo Rogelio a punto de reprenderla.

—Oh, señor Vargas —dijo el doctor Phoenix—. Ha llegado justo a la hora del desayuno. Tome asiento, Gaspar tiene una sazón exquisita.

El rostro del pobre portero enrojeció rápidamente.

—Me temo que no puedo hacer eso, señor Phoenix —dijo él—. Le he dejado mi lugar de trabajo a Helen y se me hace incorrecto dejarle todo mientras desayuno...

—Puede llevarle un poco a Helen —dijo Gaspar mientras cocinaba para todos—. Hay más que suficiente y tengo entendido que a sus nietos les encantará esto.

Ni Gaspar ni el doctor Phoenix lo dejaron refutar e irse, por lo que el hombre se sentó junto a su hija y la ayudó a hacer las figuritas de las galletas mientras Gaspar sacaba una charola de besos del horno.

Queriendo colaborar, Destan se acercó al fregadero para lavar los trastes de la cena de la noche anterior, pero mientras se arremangaba las mangas de la camisa, Gaspar le dio un pequeño empujón, apartándolo con una pequeña sonrisa socarrona.

—Aléjate de mis trastes, Destan —dijo a modo de burla—. Los lavaré después de desayunar.

—¿Ahora son tus trastes? —preguntó Destan con el mismo tono de burla.

Llevaba mucho tiempo sin ver a Gaspar sonreír con tal amenidad o bromear tan tranquilamente como lo estaban haciendo en esos momentos. Finalmente había algo de luz en la habitación.

—Sí, ahora son mis trastes —declaró Gaspar con autosuficiencia—. Ahora tu cocina es mi cocina.

—Claro, puedes tener todo lo que es mío —dijo Destan, alejándose de las bromas.

Esperaba que Gaspar supiera que lo decía en serio, tan en serio como cuando el doctor Phoenix lo adoptó y lo nombró oficialmente como su heredero.

La sonrisa de Gaspar se desvaneció, en su lugar apareció un pequeño brillo esperanzador en su mirada y bajó la voz para que solo Destan pudiera escucharlo.

—¿De verdad puedo tener todo lo que es tuyo? —preguntó con las mejillas enrojecidas; Destan apenas asintió cuando Gaspar continuó—. ¿Incluso a ti?

—Por supuesto que sí.

La sonrisa volvió a brotar en los labios de Gaspar, luego tiró de él para acercarlo al otro extremo de la cocina donde estaba la licuadora, diciéndole que le iba a enseñar a cocinar *hotcakes*. Más tarde habría una breve pelea con la harina originada por Nicole y las risas abundarían en toda la cocina, finalmente iluminada por aquel brillo inigualable de Gaspar que tanto había estado extrañando.

El fantasma cerca del río

Destan estaba triste porque Gaspar estaba triste. No hablaba mucho de sus sentimientos acerca del incendio, pero podía ver la fragilidad en su mirada y lo mucho que se esforzaba por no llorar en momentos aleatorios del día. A veces tenían días buenos, a veces los días eran terribles, con Gaspar cediendo ante ataques de pánico aleatorios y poco agradables. Los únicos momentos en los que no se veía del todo deprimido era cuando, en agradecimiento, horneaba pan o cocinaba para Destan y el doctor Phoenix. Había sido difícil en un comienzo, pero consiguió comérselo todo sin levantar sospechas.

Gaspar no lloraba tanto últimamente, estaba devastado de una manera propiamente solitaria y silenciosa, siempre abrazando a su gato.

Había intentado hacerlo hablar. Hablar sonaba bien, como la mejor de sus opciones. Cada vez que lo intentaba, Gaspar demostraba tener otra manía; una sonrisa coqueta y falsa, usada para eludir al mundo, para eludirlo a él. Era doloroso de ver. Una sonrisa de Gaspar jamás lo había disgustado tanto. Sin embargo, la aceptó.

Aceptaría lo que fuera, si venía de Gaspar.

Una mañana se levantó y le pidió que lo acompañara a su departamento para ver lo que quedaba, si quedaba algo. Solo quería saber si algo había sobrevivido. No es que le faltara nada; tenía a su gato, el corazón de Destan y algunas prendas viejas del doctor, de cuando era más joven. Aunque, si bien lo pensaba, sabía que Gaspar tenía derecho a querer las cenizas.

Al llegar a la panadería, Gaspar no se animó a entrar.

Dijo que no estaba listo y Destan ni siquiera sabía si era mejor presionar o no hacerlo, pero aceptó la negación de Gaspar. Dieron un paseo por el parque, huyendo de las cenizas. Al menos estaban juntos, aunque últimamente Gaspar no tomaba su mano cuando se encontraban afuera de su departamento en El Centenario.

Destan se dedicó a observar en silencio.

Tenía una fascinación por seguir con la mirada la ruta del río hasta llegar al final del parque donde yacían aquellas viejas casas de madera oscurecida y ocultas entre los árboles a la lejanía. Cada que miraba el conjunto, la curiosidad de Destan solía acelerar su corazón.

—Mi madre solía decir que cerca del río vive una bruja —comentó Gaspar al notar su fijación—. Yo siempre pensé que las casas estaban embrujadas con fantasmas. Si te acercas lo suficiente, escuchas algo así como cadenas moviéndose. Bueno, solía hacerlo.

—¿Ya no lo hace? —preguntó con curiosidad.

—Cesó hace algunos años —comentó Gaspar—. Dejé de escuchar a los quince. Aunque probablemente solo era porque crecí y dejé de imaginar cosas.

Más tarde y sin entender cómo sucedió, las piezas tomaron lugar. La vacilación rondó sus pensamientos y los llenó de dudas que de pronto se sentían asfixiantes. Pretendían ahogarlo con cada minuto, su cabeza parecía más interesada en las palabras de Gaspar.

Si se atrevía a preguntarlo, ¿el doctor le contaría su origen? ¿Tendría teorías acerca de su nacimiento? ¿Le contaría cómo llegó a sus manos? En alguna ocasión lo había hecho, siendo en extremo ambiguo, ¿en esta ocasión habría alguna diferencia?

Existía una forma de comprobarlo. Confiaba en el doctor Phoenix.

—Llevamos ocho años juntos, ¿no es así?

El doctor elevó la cabeza, sorprendido. Destan solía perder la noción del tiempo con facilidad, al igual que un niño pequeño que es incapaz de ver que la infancia no es eterna y está perdiendo el tiempo. Destan no recordaba mucho acerca de su infancia. Nada en realidad.

—Ocho años y algunos meses —le contestó el doctor.

Eso fue suficiente.

Esa noche se infiltró en cada una de las pequeñas casas al fondo del bosque. Todas carecían de luz, algunas tenían moho y unas pocas estaban completamente vacías. Parecía que se burlaban de él. No había nada ahí, excepto ventanas reventadas, hierba crecida y olvido; una de esas casas se había llevado sus recuerdos y se negaba a devolverlos.

Encontró las cadenas, los arañazos en las paredes, sangre salpicada en los hongos. Estaban ahí, frente a él, pero no en sus recuerdos. No existían.

Regresó después del amanecer. Pensó que la luz podría iluminar algo más que la habitación, pero al final jamás salió de la penumbra. No existía nada antes de su pequeña y cómoda vida con el doctor Phoenix.

Eso sería todo lo que tenía.

Encontró al doctor comiendo en la cocina uno de los muchos panes que Gaspar había horneado la noche anterior.

—Pasaste la noche afuera —murmuró el anciano, recién dándose cuenta.

Podría no decir nada. No tenía sentido, no era capaz de recordar. Guardar silencio en cambio le sonaba estúpido. El doctor Phoenix le había dejado en claro que el silencio no cambiaría nada; no era una rata de laboratorio o un monstruo. Era, en cierta medida, un humano, su hijo, al menos a los ojos del doctor Phoenix.

—Salí de una de esas casas viejas en el parque, ¿no es así? —preguntó.

El anciano desvió la mirada al suelo con tristeza.

—¿Ahora lo recuerdas? ¿Es algo terrible, Destan? —preguntó preocupado y volviéndolo a mirar con fragilidad—. No tienes que decírmelo, claro. Quiero que sepas que sea lo que sea, esa persona lleva muerta y ausente por mucho tiempo. No hay nada de lo que debas preocuparte...

El corazón de Destan dio un vuelco. Se encontraba ligeramente enternecido y no pudo evitar sonreír con suavidad para calmar al anciano.

—No es eso —le contestó él—. No recuerdo nada. Fui esperando recordar algo, pero ha sido en vano.

—Oh —susurró el doctor sorprendido—. ¿Absolutamente nada?

—Absolutamente nada —repitió—. No tengo idea de quién era antes de esto. Ni siquiera sé cómo sucedió.

El anciano asintió detenidamente, meditando la situación por unos breves minutos. Destan no sabía qué decir o cómo actuar. ¿Esto cambiaba algo? Había indagado sin obtener respuestas, no debía ser tan raro o incómodo.

—¿Es eso tan malo? —inquirió el doctor finalmente—. ¿Qué tan malo es si no lo recuerdas? Existe un ahora. Tendrás muchos más recuerdos en el futuro. Esos son los que definirán quién serás.

—¿Y quién soy ahora?

—El último de los Phoenix —dijo con obviedad, seguro de cada una de sus palabras—. Además de mí, claro. Un heredero servicial, joven, agradable y humilde, alguien que se esfuerza de verdad a comparación de otros herederos —el doctor sonrió orgulloso—. Ya eres alguien.

—Soy alguien a través de usted —respondió con un resoplido.

—Yo lo fui a través de mis padres y mira ahora, ¿quién piensa en quienes fueron mis padres? Yo soy yo y tú eres tú, tan fácil como eso —el doctor sonrió con suavidad antes de acercarse a pequeños pasos para revolver el cabello de Destan—. Está bien, Destan. De verdad. El amor será el primero de tus recuerdos. Eso promete mucho de ti.

Tenía razón. No tenía recuerdos; tenía el amor del anciano, tenía a Gaspar. No se contuvo ni un segundo, abrazó al anciano y agradeció en silencio al universo sin importar las muchas veces que pensó que era saboteado por el mismo.

Su científico loco tenía una vocación especial como padre.

De amores y brujas

Gaspar tardó en reunir el valor suficiente para adentrarse en su antiguo hogar, ahora consumido. Para cuando esto sucedió, Destan se mantuvo a su lado solemnemente.

No tenían mayor esperanza en encontrar algo funcional, la posibilidad de que algo hubiera sobrevivido era nula. Fue toda una novedad darse cuenta de que no todo estaba perdido al encontrar algunos utensilios de la panadería ligeramente ennegrecidos, solo eso aminoró la tristeza y le dio el valor suficiente a Gaspar para continuar caminando.

Tenedores y bandejas. Era todo lo que quedaba.

Hubo una estantería rescatable en la cocina; un par de recetarios, rodillos y moldes de galletas permanecieron intactos. Gaspar suspiró con alivio, solo eran pedazos del legado que su madre preparó para él, pero era suficiente para sostenerlo.

Destan cargó todo en favor a Gaspar, alentando al joven a buscar más.

En el interior de la cocina se encontraba una puerta lateral. Al salir se encontraba un pequeño fregadero y unas escaleras sucias que afortunadamente no se rompieron cuando Gaspar saltó encima de ellas. Tras recorrer cada escalón ennegrecido, podía sentir el residuo de las cenizas husmeando en su naríz. Esa sensación le hacía recordar la noche en la que casi perdió a Gaspar.

Fue un poco desalentador entrar a la pequeña habitación que había sido el hogar de Gaspar durante toda una vida, pues los pocos muebles que tenía, que eran la cama y la mesa, estaban reducidos a escombros.

El par de botellas de vino encontradas en la alacena eran un consuelo si con ellas Gaspar dejaba de pensar en todo lo que había perdido durante aquella triste noche.

Al caminar hacía el clóset, Gaspar contuvo el aliento. No había nada más que prendas corroídas, desprendiendo hilos chamuscados en la oscuridad a los cuales no les dedicó demasiado tiempo. Se enfocó en revisar una gruesa caja de madera que, aunque ahora era negra, había sobrevivido.

Gaspar abrió la caja con un suspiro de alivio. La contorsión incómoda y temerosa de su rostro había desaparecido al fin.

Destan, detrás de Gaspar pudo ver las fotografías de una bella mujer de pelo gris y piel negra, marcada por la vejez, pero rebosante de felicidad en la mayoría de las fotografías.

La sonrisa de Gaspar fue un alivio para Destan. El momento en el que lo vio romper en llanto resultó confuso. Solo entonces entendió que se podía llorar de felicidad. Sonrió al encontrar un par de anillos pertenecientes a su abuela en perfectas condiciones y emitió una pequeña carcajada al encontrar una muñeca tejida de cabellera rojiza y piel apiñonada. No entendía como una muñeca vieja podía lucir tan elegante.

Gaspar la sacudió en su dirección, mostrándole a Destan con emoción.

—La hizo mi mamá —le contó cómo un niño pequeño—. Ella supo sobre mí incluso antes de que yo lo supiera, así que inventó una historia. Juraba que era real. Se trataba de una bruja, la más famosa y grandiosa que pudiera existir, y su fascinación por las mujeres. Me animaba de alguna forma. Esta pequeña muñeca de trapo me hacía sentir que no era el único en el mundo.

Destan no pudo evitar sonreír.

Le recordó de alguna manera al doctor, que jamás le contó lo cruel que era el mundo para hombres que amaban a otros hombres o mujeres que amaban a otras mujeres. Pudo haber dicho algo al enterarse de sus sentimientos por Gaspar, pero había elegido no decir nada y dedicarse a amarlo tal como lo había hecho antes de saber que era capaz de amar a otros hombres.

Tarde se dio cuenta de su error. Había sonreído. No con esa sonrisa de boca cerrada que se esforzaba en mantener; para su desgracia, apareció esa sonrisa espantosa que se burlaba de él en el espejo, con los dientes blancos y puntiagudos. Las pequeñas armas de un depredador.

Gaspar lo observó detenidamente y Destan esperó el horror.

En su lugar, Gaspar le devolvió la sonrisa y Destan dejó de funcionar.

No supo qué decir, pensar o hacer. Gaspar simplemente volvió la vista a la muñeca y acarició su cabello con delicadeza.

—Debo confesar que una parte de mí jamás dejó de sentirse en soledad.

Destan tragó en seco, nervioso por cualquier comentario estúpido que pudiera hacer a partir del pánico. Buscando calmar sus nervios, preguntó:

—¿No?

Gaspar negó detenidamente.

—No hasta que llegaste a la tienda —una pequeña sonrisa ladeada se posó en su rostro al recordar—. Te pusiste rojo cuando te dije que tu tío compraba besos a menudo. Después de ti, jamás volví a sentirme solo. Verte me hacía sentir acompañado. Entonces comprendí lo que significa agradecer al universo por la existencia de alguien; agradezco tu existencia, Destan.

Sintió su rostro arder bruscamente y se quedó sin palabras. Destan había expresado antes lo que sentía, Gaspar aún guardaba su corazón en el bolsillo. Gaspar había compartido muchas cosas con él, pero jamás la gratitud por su mera existencia.

Las palabras de Gaspar consiguieron potenciar sus emociones, haciéndolo sentir mucho más de lo que sabía que era capaz de sentir.

Sin verlo venir, Gaspar depositó un suave beso en su mejilla.

—Me encanta tu sonrisa —susurró como si de un pequeño secreto se tratase—. Déjala ser de vez en cuando, ¿quieres?

Una pequeña sonrisa un poco menos cerrada de lo normal permaneció en sus labios mientras se alejaban de los escombros, aunque Gaspar mantuviera una distancia extraña entre los dos mientras caminaban por la calle en vez de tomar su mano como solía hacerlo antes.

Llegaron al piso del doctor Phoenix, el hogar que compartían, con la vida de Gaspar resumida entre sus brazos. Entonces se dio cuenta de que el reflejo de su espantosa sonrisa no tenía una sombra terrible ni relucía con malicia. Había algo de alegría ahí.

Descubrió un nuevo sentimiento; plenitud en su máximo esplendor.

Incluso ahora

A veces, Gaspar parecía muerto en vida y eso alarmaba a Destan por que se suponía que él era el muerto, aunque Gaspar no lo supiera.

Destan suponía que el mal humor era parte del duelo provocado por la pérdida de todo su hogar, pero lo cierto es que Destan no sabía lidiar con el enojo en general. Él personalmente no era una persona de enojos (exceptuando un par de ocasiones en las que algo rondó su interior, pero rápidamente se extinguió) y nunca había visto al doctor Phoenix molesto.

Gaspar molesto era un cuadro triste, con el ceño fruncido, postura desgarbada y olvidos constantes que a veces le llevaban a maldecir entre dientes cuando nadie más le escuchaba. Al no saber cómo lidiar con ello, buscó demostrarle que no importaba si tenía un mal día, él todavía lo amaba.

Después de todo, comenzaba a entender que el duelo y la superación no eran lineales, seguirían teniendo días espectaculares y días terriblemente grises.

Lo encontró lavando los trastes en la cocina, desgarbado y como si una nube gris y tormentosa estuviera posada encima de él. Lo abrazó por detrás, colocándose de puntillas para alcanzar a colocar su barbilla en el hombro de Gaspar.

—Te amo —dijo Destan en un susurro.

—¿Incluso ahora? —preguntó Gaspar con un pequeño gimoteo.

—Sobre todo ahora —contestó él.

Decidió que lo mejor que podía hacer era eso: amarlo en sus días buenos y sobre todo en los días oscuros y terribles.

El sabor del vino en sus labios

Desde que Gaspar había comenzado a vivir con Destan y el doctor Phoenix, Destan pasaba largas e interminables horas nocturnas pensando con la vista fija en algún punto del techo durante el proceso. Cuando no dormía en el sillón con Gaspar y escuchaba ruido, pretendía estar dormido, encontraba momentos oportunos para leer y repasaba las notas de clase.

No había sido complicado o aburrido para él sabiendo que estaba compartiendo algo en verdad importante con Gaspar; Gaspar no dejaba de comentar lo injusto que le parecía que Destan renunciara tan fácilmente a su propia habitación.

Después de casi un mes y medio viviendo bajo el mismo techo, Gaspar se negó a que Destan continuara durmiendo en la sala de estar. Gaspar era difícil de ignorar cuando tenía algo en la cabeza. Tal vez Destan era demasiado susceptible a ceder si se trataba de Gaspar.

Suponía que podían negociarlo, no importa cuánto insistiera Gaspar en ser quien durmiera en el sillón.

Destan decidió oponer resistencia.

Entró a la habitación y lo primero que hizo fue sentarse inocentemente en el sillón contiguo a la ventana. Gaspar podía probar suerte moviéndolo de ahí. No sabía si Gaspar lo había notado, pero sospechó que sí cuando se sentó junto a él en el sillón, jugando con una de las botellas de vino que habían recogido de su hogar.

Destan no era bueno fingiendo inocencia.

—No vas a dormir en el sillón —dijo sin pensar.

Gaspar entreabrió los ojos medianamente sorprendido y una sonrisa involuntaria brotó de sus labios, Destan se había delatado a sí mismo.

—Eres tú quien no dormirá en el sillón —aclaró Gaspar con media sonrisa—. Además, ya te lo he aclarado; tu cama es espantosa y ni siquiera voy a discutir esto. No ahora, ¿quieres vino?

Destan frunció el ceño evaluando la botella de vino. El doctor le había ofrecido alguna vez mientras le estudiaba (tal vez evaluaba su curiosidad o solo no quería forzarlo a probarlo para experimentar), pero si cosas como la fruta o el pan poseían un sabor agrio y asqueroso, no imaginaba cómo sería diferente. Apenas se estaba acostumbrando al sabor de la comida y, de todas formas, el vino podría esperar.

—En realidad, no bebo.

Gaspar alzó una ceja, incrédulo ante la declaración.

—¿No bebes? ¿Qué clase de niño pijo eres que no bebes?

—Si, bueno, no siempre fui un niño pijo —murmuró con simpleza; no sabía qué tan afortunado era económicamente hasta hace unos meses—, y mi tío no guarda alcohol por aquí. Creo que tiene una bodega de vinos en las afueras, pero ¿lo has visto? No es un fanático del vino. Solo del pan.

Gaspar sonrió de lado, un tanto orgulloso de sí mismo. El doctor estaba feliz cediendo su cocina a Gaspar para cocinar pan y Gaspar estaba orgulloso al respecto. En conjunto, ambos detalles hacían feliz a Destan.

Gaspar retomó la conversación.

—¿Y tú nunca lo has probado, de verdad? ¿Ni te ha dado curiosidad...?

—Supongo que tengo una eternidad para probarlo.

Gaspar le miró, evidentemente sin entender lo que realmente significaba.

—Resultaste poeta —dijo mientras abría la botella.

Los labios de Gaspar quedaron ligeramente pintados de rojo después del primer trago a la botella de vino. Le volvió a ofrecer, pero Destan se volvió a negar. Mentía un poco al decir que no le daba curiosidad, pero sabía que nada podía saber tan bien. Todo lo que las personas normales ingerían comúnmente no dejaba de ser amargo o agrio para él.

Tal vez algún día su gusto se pudiera desarrollar de alguna forma; mientras tanto, prefería no desanimarse al respecto.

—Yo dormiré en el sillón —aclaró Gaspar, provocando que Destan se negase de inmediato—. Vamos, ya fuiste muy cordial conmigo, no necesitas ser todavía más caballero.

Ni siquiera entendía el punto de la discusión si cada vez que Gaspar no podía dormir, ambos terminaban en el sillón.

—No estaba siendo caballero —masculló Destan.

—¿Ah, no? ¿Cómo denominas el negarte a dormir en tu propia cama por causa mía, eh?

—¿Solidaridad?

Gaspar se carcajeó con suavidad.

—¿Solidaridad? Bueno, puede que seas un caballero solidario, si lo quieres ver así —se burló—, pero lo cierto es que llevas buen tiempo siendo mi caballero de noble armadura. Yo creo que es apropiado. Con tu bonito cabello revuelto, ojos del color del acero y las cicatrices, claro que lo pareces.

Sintió su rostro enrojecer bruscamente y maldijo para sus adentros, creyendo que los sonrojos abruptos era algo que ya había superado.

—Quiero diferir...

—No puedes —le interrumpió Gaspar—. Eres mi guapo y dulce caballero.

—Creo que el vino ya te alborotó un poco...

—¡Apenas y le di un trago! Esto no funciona así —se burló Gaspar—. ¿Por qué te cuesta tanto creer que eres increíble? Eres espectacular, Destan. Sobre todo, tu sonrisa, la hermosa y radiante sonrisa que buscas esconder todo el tiempo y el sonrojo que te avergüenza constantemente. El reflejo de tu sorpresa al descubrir algo nuevo y el cuidado que le pones a las cosas, la tranquilidad con la que realizas una lectura y la calma con la que me hablas... todo en ti, todo en conjunto es precioso, pero tú no lo ves. ¿Es por las cicatrices? ¿Por eso te sientes tan inquieto? Porque también son preciosas, Destan. Aunque son casi invisibles, son líneas pequeñísimas y delgadas, pero siguen siendo hermosas.

Destan trató de reprimir su sonrisa, pensando en lo poco que sabía de sus propias cicatrices. Se había acostumbrado a ellas, jamás había pensado que pudieran tener algún atractivo. Sin embargo, Gaspar veía absolutamente todo y no parecía aterrado o asqueado al respecto. Era honesto. Incluso si Destan no podía ver lo mismo que Gaspar, sabía que era honesto.

—Yo pienso que son horripilantes —le confesó.

—Eso es porque eres, sin ofender, un idiota, Destan.

Antes de que pudiera replicar, Gaspar llevó una mano al puente de su naríz, sintió su piel arder bajo el cálido tacto de Gaspar que le observaba detenidamente y con cuidado. Como si fuera frágil.

—Esta de aquí es hermosa —su mano viajó hasta su mejilla lentamente—. Igual que esta de aquí. Por no hablar de... está.

Las yemas de los dedos de Gaspar bailaban sobre sus labios, sobre esa pequeña línea apenas visible que le atormentaba en los reflejos, aunque no tanto como la espantosa sonrisa que Gaspar había dicho que era radiante. No por eso era algo que le gustara observar a menudo.

Sin embargo, Gaspar trazaba círculos en sus labios, sobre aquella cicatriz que Destan añoraba olvidar, aunque una parte de sí mismo quería morir recordando el tacto de las yemas
de los dedos de Gaspar. Ojalá Gaspar supiera que él también se desconocía muchísimo, ojalá supiera que si tan solo tuviera algo que compartir, lo haría. Lo compartiría todo.

Otra parte de sí mismo esperaba que un meteorito cayera sobre sus cabezas en nombre del universo que tanto había estado jugando en su contra. Nada podía ser tan bueno, excepto la mirada de Gaspar posada sobre sus labios, misma que viajaba tentativamente hacía sus ojos, pidiendo un permiso que Destan no comprendía del todo, pero que le habría concedido porque así era como funcionaban, con Destan cediendo ante Gaspar ante la mínima petición en su mirada.

En algún momento Gaspar debió de haberse acercado, porque de pronto Destan podía sentir su respiración chocar contra sus mejillas, podía ahogarse con el aire que contenía en sus pulmones, esperando por algo, por cualquier cosa...

Esa noche, compartieron un beso.

Gaspar se impulsó hacía delante, presionando sus labios contra los de Destan en un impulso sumamente añorado por parte de ambos, aunque Destan no sabía que había estado esperando tanto tiempo por aquel hormigueo en sus labios, por el movimiento involuntario que lo empujó hacía adelante y lo hizo aferrarse al cabello de Gaspar mientras bailaban una pieza con la que había llegado a soñar, creyendo que sus anhelos eran estúpidos. Él era estúpido. Estúpidamente felíz, si alguien alguna vez preguntaba.

Una sonrisa brotó de los labios de Gaspar, trayendo luz al mundo de Destan mientras Gaspar recorría las cicatrices de su rostro con ansia.

Las manos de Gaspar llegaron a su cabello y dieron un pequeño tirón; los colmillos de Destan arremetieron en su contra rozando el labio inferior de Gaspar. Por un momento, casi cedió ante la idea de retroceder, horrorizado por sus atroces colmillos.

La voz de Gaspar trajo la calma.

—Está bien —susurró contra sus labios.

Destan no se atrevió a abrir los ojos antes de que Gaspar volviera a presionar sus labios
contra los de él, volviendo a retomar su postura inicial, colocando sus manos en las mejillas de Gaspar, trazando el contorno de su mandíbula con delicadeza, con el hormigueo danzando en sus labios, en la punta de sus dedos y en su estómago.

El sabor del vino se hizo presente, impregnado en los labios de Gaspar que se movían contra los suyos. Gaspar le hizo descubrir que el vino en sus labios era dulce, adictivo con cada beso. Destan se sintió embriagado, permitiéndose a sí mismo sonreír en medio del beso, siendo correspondido por Gaspar y una pequeña risita que sonó como nota musical en la habitación. Gaspar era embriagante con sus suaves labios envinados sobre los suyos, sus cálidas manos en el rostro de Destan. Sentía todo en todas partes, incluyendo todo el significado de la palabra amor. Otra cosa que no sabía que podía sentir y que se permitió sentir por completo.

La botella de vino se derramó sobre la alfombra, pero no le dio importancia, no con su mundo girando alrededor de Gaspar, alrededor del vino en sus labios y de él mismo.

Dudosas explicaciones

—¿Qué fue lo que derramaron en la alfombra de la habitación? —preguntó el doctor Phoenix de repente durante la comida.

El rostro de Destan enrojeció de inmediato al escuchar la pregunta del doctor, dudando si debería explicar a detalle cómo es que una botella de vino se derramó en su habitación. Afortunadamente Gaspar fue más rápido.

—Tiré algo de pintura vegetal, buscaré quitarla —sonrió con una expresión apenada.

Algo en las mejillas enrojecidas de ambos muchachos debió delatarlos a los dos porque el doctor Phoenix ignoró el comentario, como si ya diera por perdida la alfombra, aunque Destan suponía que, si tallaban lo suficientemente bien, la mancha saldría limpiamente.

Más tarde se encontró fregando la alfombra con la esperanza cada vez más escasa.

Gaspar se asomó al cabo de un rato y comenzó a reír a carcajadas de modo en que Destan entrecerró los ojos sin entender qué es lo que daba tanta risa. Gaspar se puso de rodillas a su lado en la parte de la alfombra que no estaba húmeda, lo miró con ternura un segundo y luego volvió a reír a carcajadas.

—¿Qué es tan gracioso? —preguntó Destan con los ojos entrecerrados.

—Que las manchas de vino no se quitan, pero aun así lo estás intentando —dijo Gaspar como si fuera la cosa más obvia del mundo—. *Eres adorable.*

—Soy un idiota —dijo Destan, soltando la esponja con la que antes había estado fregando la alfombra.

Gaspar volvió a reír, esta vez en un tono más bajo; sujetó el cuello de la camisa de Destan y lo atrajo hacia sí mismo con dulzura.

—Eres mi idiota adorable —dijo, para posteriormente plantarle un beso a Destan en los labios.

Destan podía acostumbrarse a ello, incluso si significaba tener que darle un montón de dudosas explicaciones al doctor Phoenix.

Cuestionamientos

La incertidumbre comenzó con una cadena de plata. Lorena lo volvió a interceptar una vez más en el exterior de la terapia grupal después de su sesión habitual. Gaspar le permitió hablar porque sabía que ella no era la culpable de todo lo que su hijo había hecho, aún si insistía en disculparse una y otra vez debido a las acciones de su hijo como si ella le hubiera ordenado hacerlo.

—A modo de disculpa quisiera darte algo —dijo ella extendiendo una cadena de plata en su dirección—. Tu madre me la regaló poco antes de que nacieras, ella la usaba mucho en su juventud.

Por supuesto, asistió ansioso a mostrárselo a Destan, que le observó y escuchó con genuina alegría, pero al momento de tocar la cadena, apenas la sostuvo unos segundos antes de devolverla de inmediato y decir que estaba muy feliz por él.

Esa noche, Gaspar se dio cuenta de dos cosas: Destan se había vendado la mano justo en donde le había tocado la cadena y que Destan fingía estar dormido.

Una vez que lo notó no pudo dejar de verlo una y otra vez: el doctor Phoenix se cortaba constantemente el cabello al igual que Gaspar, pero Destan no. Destan comía en porciones más pequeñas, pero siempre parecía satisfecho, su piel estaba mayormente fría incluso cuando comenzaba a hacer calor, nunca hablaba de sus padres excepto cuando mencionó que no siempre había sido un niño rico.

Sabía todo y nada sobre Destan.

Había escuchado por las calles que el doctor Phoenix tenía un hijo, pero no había sido hasta el otoño pasado cuando lo vio por primera vez y ese mismo otoño Destan entró a la universidad debido a las sugerencias sobre el futuro por parte de Gaspar. No podía dejar de ver la forma en la que parecía que la vida de Destan había comenzado el otoño pasado, no como Gaspar que había comenzado la universidad a los dieciocho y a los pocos meses se salió por las carencias económicas.

Se dio cuenta que no sabía con certeza cómo es que Destan había llegado a manos del doctor Phoenix, que nunca lo había visto antes y que ni siquiera conocía su edad. Lo único que sabía era que el científico loco de El centenario tenía un muchacho a su cuidado y de pronto ese muchacho se había convertido en su mundo entero. Un mundo que fingía dormir y comer, uno que *se quemaba con plata*.

Podía ver el desgaste en su propio rostro, el cabello cada vez más canoso del doctor Phoenix y la forma en la que Lorena se encorvaba más con cada semana, veía al portero desarrollar su primera cana por estrés y a Nicole perder sus dientes de leche, pero Destan era una fotografía.

Una fotografía que se quemaba con la plata.

Se obligó a dejar de lado todos esos pensamientos, Destan era simplemente un poco más reservado que él y el tiempo le diría la verdad, estaba seguro de ello dado que, si cedía a la locura, estaba seguro de que entraría a aquel laboratorio al final del pasillo que el doctor y Destan creían que él no había visto todavía. Técnicamente lo había visto por accidente cuando llegó y no le importaría mucho de no ser por un pequeño detalle: la camilla de metal similar a la de una morgue y las ataduras desgastadas.

No estaba seguro de querer saciar todas sus dudas y cuestionamientos, pero de alguna manera, sabía que tenía que descubrir qué estaba pasando y el porqué de aquel laboratorio tan tenebroso. ¿Destan sabía sobre el laboratorio o sería tan ignorante como él? Estaba de alguna manera preocupado, debido a que algo en su interior seguía conectando aquella camilla y las ataduras con Destan, *podía imaginarlo ahí,* incluso sentirse enfermo por ello.

Tampoco estaba seguro de querer saber qué es lo que estaba sucediendo en realidad.

Extraño

Gaspar era un regalo cotidiano. No sabía cómo expresar lo feliz que era al ver su sonrisa cada día desde que todo comenzaba a mejorar y ver al doctor sentado en la cocina con él, aguardando a que Gaspar terminara de hornear. Los besos se convirtieron en pequeños regalos constantes y dulces. Algunas veces suaves, de vez en cuando traviesos, pero todos eran cariñosos.

Una sonrisa se había dibujado permanentemente en sus labios, el sonrojo se quedó y lo dejó de incomodar. La alegría era tanta y tan constante que ya ni siquiera buscaba disimular la sonrisa o el sonrojo.

Las quejas del doctor, discretas y silenciosas, lo conseguían desanimar un poco. El doctor estaba cada vez más ausente. Nada parecía mejorar, le dolía todo: las rodillas, la espalda, la cabeza. La felicidad fue efímera, pues a veces se negaba a levantarse de la cama y le costaba abrir los ojos.

La compañía silenciosa de Destan, el pan que Gaspar le preparaba y los dulces que Nicole en ocasiones le llevaba, le parecían un consuelo. Se estaba convirtiendo en un hombre distante e irreconocible, un doloroso desconocido y poseedor del rostro de su amada figura paterna.

No sabía cómo salvarlo.

Temía por el momento en que desapareciera.

Temía verlo cerrar los ojos y que jamás los volviera a abrir. No quería no tener la oportunidad de no volver a ver sus brillantes ojos azules.

El terror incrementó cuando el doctor le dijo dónde estaba su recetario, el cual tenía las proteínas que le había dado a Destan durante los últimos ocho años, con la intención de mantenerlo sano y le explicó de dónde provenían todos los suministros de sangre. Fue aterrador.

—No era algo que quería que supieras —le confesó apenado—. Sin embargo, es necesario que lo sepas. Tal vez debiste saberlo antes. Sólo no quería obligarte a crecer más rápido.

Era un mal necesario. No podía envejecer, pero tenía que crecer.

El doctor solo lo dijo temiendo por su propia ausencia, la pérdida de sus propios pensamientos, caer en la demencia o no poder hacer nada más que recostarse en su cama con dosel, esperando la llegada de sus últimos sueños.

—No quiero que te vayas.

De nuevo, sentía más de lo que sabía que podía. Los muertos no deberían sentir tantísimo. Sentía impotencia al contemplar al doctor y su condición; la inevitable vejez y posterior mortalidad. ¿Por qué no podía quedarse ahí, justo en ese momento, para siempre? Tenían su pequeño hogar, su refugio, ahí estaban a salvo.

El anciano había sido incapaz de encontrar la lucidez en los últimos días. Ahora, un poco menos alejado de sí mismo, se encontraba recostado en su cama con la ropa del día anterior y la mirada cansada.

Débil y delicadamente, tomó la mano pálida de Destan.

—Lo he pensado —susurró él—. Llegado el momento, te voy a extrañar muchísimo, hijo mío.

—¿Me extrañará...? ¿De qué...? ¿Dónde...?

Cientos de preguntas fueron silenciadas ante la suave voz del doctor.

—En el más allá, Destan. Te extrañaré muchísimo, pero estaré bien porque sé que estarás bien.

No fue complicado entenderlo. Era inevitable.

Entonces Destan tendría que extrañarlo por toda una eternidad. Ocho años jamás serían suficientes.

No todos tenemos un retorno

—Gaspar sabe del laboratorio —le dijo el doctor a Destan poco antes de que él tuviera que salir; la lucidez del anciano le pareció un tanto aterradora—, preguntó por la camilla, tuve que decirle que soy acumulador compulsivo o algo así, porque no hay manera de dar una mejor explicación, hijo.

Luego salió de la casa en dirección a una fiesta universitaria que antes le había llamado la atención, pero de pronto solo sentía la angustia de que Gaspar pudiera llegar a saber algo o de la posibilidad de tener que decirle la verdad sobre lo que Destan era.

Se había esforzado inhumanamente por ser normal, de verdad lo había intentado, pero parecía condenado. No podía ser un joven normal yendo a una maldita fiesta universitaria porque él no era un joven normal, ni siquiera era un humano. Era un monstruo con complejo de humano que había cometido el error de creer que tenía tiempo, que podía vivir una vida normal con el amor de su vida sin tener que decirle la inminente verdad.

—Vaya, estás muy solo —dijo una chica bajita de cabello negro rizado y complexión gruesa—. ¿Te diviertes?

—No me gustan mucho las fiestas —sonrió apenado.

—Eso es porque no has de haber ido a una de verdad —sugirió la muchacha recargándose en la pared a su lado.

Se supone que la universidad estaba conmemorando sus cien años desde la inauguración, lo que prometía una celebración para todos los estudiantes, amigos y familiares, con algunos aperitivos y sana convivencia en las instalaciones. El doctor Phoenix le dio permiso de asistir al notar su curiosidad por el evento, pero no se había podido levantar para ir con él y por mucho que le había insistido a Gaspar, él no tenía muchas ganas de salir.

Ahora entendía porque: seguro sospechaba que era un monstruo.

—Supongo que no, nunca he ido a una fiesta además de esta —dijo él, provocando que la muchacha lo mirará con suma intriga.

—Déjame adivinar, ¿eres un hijo de mamá?

—De papá, diría yo, pero no entiendo tu punto.

—Me imagino que no —dijo la muchacha—. Aunque ni yo misma entiendo, ¿qué no los padres son más accesibles que las madres?

—Define accesible.

—Pues usualmente halagan las conquistas de sus hijos, les gusta que salgan de fiesta y les enseñan a beber, por no hablar de lo permisivos que son...

—Pues mi papá es permisivo, sí —concordó Destan—, pero debo ser honesto, creo que mi novio no le agrada demasiado, lo que no entiendo porque es un tipo increíble y se la pasa cocinando pan para él.

La chica se carcajeó ante el comentario.

—Oh, así que tienes un padre sobreprotector —dijo ella con una enorme sonrisa—. Mi papá es más o menos así, es profesor en la universidad, ¿qué carrera estudias?

—La licenciatura en escritura creativa.

—Genial, yo estudio diseño gráfico —Destan desconocía por completo lo que era eso, pero fingió que sabía cuando la chica extendió su mano para presentarse—. Me llamo Karla, por cierto.

Destan estrechó su mano de vuelta.

—Me llamo Destan, un placer.

Antes de que la conversación pudiera continuar fluyendo, Gaspar apareció de repente, lo que lo tomó completamente por sorpresa, ya que había dejado bastante en claro que no quería asistir. Fue extraño no saber qué hacer con sus manos que usualmente tendían a invadir a Gaspar con toda la confianza del mundo porque técnicamente estaban juntos.

Sin embargo, las preguntas se estaban gestando en la cabeza de Gaspar y no sabía que tan prudente era acercarse.

—Hola —dijo Gaspar sin aliento, como si no supiera que decir—. Te pasaste de la hora y el señor Phoenix me pidió que te buscara.

—Así que a esto te referías con que eras hijo de papá.

—Sí —dijo Destan ante la interrupción de Karla—. Él es mi novio, Gaspar.

Gaspar palideció en ese momento y de alguna manera se alejó, marcando una distancia significativa entre ellos, pero igualmente estrechando la mano de Karla en ese momento.

Luego fue un rápido borrón porque Gaspar dijo que se tenían que ir, sujetó su muñeca y lo sacó de ahí para luego soltarlo cuando llegaron a la acera. No tenía idea de lo que estaba sucediendo, ¿no se suponía que debía tenerle miedo a Destan ahora que las sospechas comenzaban a incitarlo a indagar sobre el laboratorio del doctor Phoenix?

En cuanto entraron al departamento, Gaspar le rompió el corazón en mil pedazos.

—No puedes ir diciéndole a todo el mundo que somos novios.

—¿Disculpa? —preguntó desconcertado.

—No lo entiendes —se apresuró a decir Gaspar, pasándose una mano por el cabello—. Temo que no comprendas que el mundo es cruel.

—Karla no fue cruel...

—¡La acababas de conocer!

—¿Cómo podrías saberlo?

—Destan, en la universidad no hablas con nadie, me lo has dicho —replicó Gaspar y eso lo hizo sentir avergonzado—. El caso es que no dimensionas los riesgos a los que nos enfrentas con lo que dices...

—Qu tu mundo haya sido cruel, no significa que el mío lo sea —dijo Destan, sintiendo algo de enojo en su interior—. Antes no debíamos escondernos. No teníamos que besarnos a escondidas, soltar nuestras manos en la calle o evitar las citas, Gaspar, y lo he respetado, lo he respetado muchísimo...

—¡Porque ahora veo que es peligroso!

—¡No puedes temerle tanto al exterior, Gaspar! —se encontró alzando de repente la voz—. Solo dije que éramos pareja, ¿no lo somos?

—Ahora te comportas como un maldito niño, Destan —dijo Gaspar, resoplando frustrado—. Un niño que no quiere escuchar que está a punto de quemarse. ¿Quieres quemarte, acaso?

—Lo único que quiero es no tener un romance secreto, Gaspar.

—¿Romance secreto? —Gaspar dijo con tono de voz frío e irónico—. Ya no somos niños, Destan...

—Yo lo soy —dijo de repente, sorprendiéndose a sí mismo por lo que estaba a punto de decir—. Lo seré para siempre.

Por un momento casi lo dijo, casi fue honesto con la situación en la que estaba viviendo, pero Gaspar simplemente no lo permitió. La realidad era que Destan sí era un niño; llevaba existiendo 8 años, lo demás no lo recordaba.

—Oh, yo también pensé que podía vivir siendo un niño estúpido para siempre —dijo Gaspar, con su voz quebrándose lentamente—. Creía que podía soportar todos los malditos golpes y ser el estúpido chico de los romances malditos luchando por su maldito final feliz, Destan, pero te quiero a salvo, ¿sabes?, necesito tenerte a salvo. Eres lo único que me queda y necesito que lo comprendas, que te comportes como un maldito adulto y entiendas que esto es todo lo que tenemos porque el mundo es cruel.

Las palabras lo golpearon de repente, lo mucho que había cambiado la perspectiva de Gaspar desde que lo conoció lo mató, lo apuñaló y retorció algo en su interior que lo hizo sentir malherido y al borde de la muerte. No lograba comprender cómo era que las cosas habían cambiado al punto en el que Destan solo supo responder gritando.

—¡Pues soy un niño! —gritó él, sintiendo como las lágrimas se congregaban en sus ojos—. Perdón por no poder correr detrás de ti, no quiero ser un adulto. Jamás volveré a ser quien soy en este momento así que perdón por no comprender cómo seguir tu paso.

Gaspar caminó detenidamente hacia Destan y lo sujetó por los hombros.

—Tienes que crecer, Destan —dijo Gaspar lentamente.

—Jamás voy a volver a ser un niño, Gaspar.

Entonces Gaspar lo soltó y se sintió como si lo hubiera soltado en más de un sentido, como si de pronto los dos se encontrarán en páginas diferentes. Destan se sentía como un niño y como si Gaspar fuera un adulto enfadado con él.

El don de meterse en problemas

Su orgullo no le permitía hablar con Gaspar desde aquella discusión que tuvieron noches anteriores. Se obligaba a pensar en cualquier otra cosa que no tuviera que ver con él porque todavía no sabía cómo sentirse al respecto. Pensaba en la escuela, hablaba con Karla cuando la veía en los pasillos de la universidad e incluso recibía algunas invitaciones para él y Gaspar a fiestas *reales* que en realidad no le interesaban demasiado porque confiaba en que aún tenía una eternidad por delante para probar eso de las fiestas. Pensaba en Nicole y la forma en la que se había vuelto popular entre sus compañeros por ser de las mejores en cuanto a sus calificaciones y pensaba en el doctor y su enfermedad.

Podría morder al doctor Phoenix y salvarlo de la mortalidad.

La idea sonaba tentadora, retumbaba entre todos sus enredados pensamientos. Los análisis del doctor y cada una de sus anotaciones refutaron la idea, para su desagrado; nada era tan sencillo, no para ellos. No importaba cuánta esperanza pusiera en ello; no era posible.

No habían avanzado lo suficiente en la investigación para saber si su sangre podría darle al doctor la eternidad o al menos algo de fuerza. No había forma en que tuviera más que ocho tristes años sin noción. Pensó en una eternidad en el piso, el doctor educando y guiando a Destan. Juntos en un futuro alejado de la crueldad de la que tanto había estado hablando Gaspar.

Podía perderse en la idea.

Gaspar no se lo permitió. Entró a la habitación agitado y exaltado, aferrado a uno de los viejos cuadernos de anotaciones del doctor Phoenix. Destan, antes sentado en el sillón de la habitación, se puso de pie, desconcertado y presa del pánico; eran sus anotaciones, las anotaciones para las cuales él había servido como objeto de estudio.

Sabía que debía haberlo visto venir, pero todavía estaba muy atrapado en aquella última discusión que los llevó a los gritos.

—¿De dónde sacaste eso? —preguntó con un hilo de voz.

Hablar nunca se había sentido tan doloroso hasta ese momento en el que se dio cuenta de que no existía palabra alguna que pudiera salvarlos. *Iba a perderlo, iba a perder a Gaspar.*

Con tristeza, Gaspar le mostró una media sonrisa. No una de sus muchas manías, no. Esa sonrisa era lo único que lo sostenía para no colapsar.

—Solía ser un niño con el don de meterse en problemas —comenzó a decir con voz aguda, rompiéndose con cada respiración—. ¿Dije que era un don? Siempre fue una maldición. Me gustaba mi vecino y su padre resultó homofóbico, le hice una carta a mi mejor amigo y entonces él me golpeó, fui abiertamente homosexual porque quería ser feliz y entonces me quemaron la panadería. ¿Lo ves? Soy bueno metiéndome en problemas.

Destan entreabrió la boca sin saber qué decir. Gaspar se encontraba frente a él, con los ojos rojos y llenos de lágrimas amenazando con explotar. Se veía pequeño y asustado abrazando el cuaderno. Fue un reflejo, tal vez. Buscó acercarse a Gaspar, quería ayudarle a sostenerse temiendo por su colapso.

Se sorprendió al ver a Gaspar retroceder de inmediato. Entonces entendió lo estúpido que había sido al enamorarse como lo hacen los humanos.

—¿Lo he hecho de nuevo al enamorarme de ti? —preguntó Gaspar sin esperar una respuesta de Destan—. ¿Lo hice al indagar entre la investigación del dichoso científico loco de la ciudad? Vamos, ¿puedes culparme? Tenía curiosidad, algo no cuadraba y tú... —contuvo un sollozo, las lágrimas comenzaron a fluir—, tú estás muerto. No existes.

—Yo existo —aclaró Destan sin saber qué más decir.

Tenía mucho que decir, tanto que explicar. ¡Le diría todo! Siempre estuvo dispuesto a compartirlo todo con él, pero esto, su condición, no parecía justa para ninguno de los dos. Las explicaciones no brotaron de sus labios.

—Como alguien que no está vivo —replicó Gaspar—. Lo mejor que me ha pasado en la vida... está muerto.

—Depende de lo que definas como muerto —murmuró Destan, de verdad queriendo explicar la situación—. Aunque ni siquiera yo lo entiendo. A decir verdad, no entiendo absolutamente nada y... eso es aterrador, pero siento las cosas, como cualquier ser humano, es lo que dice el doctor Phoenix...

—Oh, mierda —Gaspar le interrumpió, tratando de ahogar otro sollozo—. Tú no eres su sobrino.

—No —confesó avergonzado—. No lo soy...

—¡Eres una mentira! —sollozó Gaspar—. ¡Nada en ti es real!

—¡No, no es cierto! —Gaspar retrocedió, Destan pudo sentir como algo incómodo se revolvía en su estómago y escalaba hasta su pecho—. Él me ama como un padre, soy su heredero, le quiero, me preocupo por él. Es mi familia. Tú eres mi familia. Nada de eso es mentira.

—No, Destan, todo es mentira —contestó Gaspar—. No puedes comer comida humana, no recuerdas nada... ¡Todo lo dice aquí y son cosas que tú no mencionaste, ni siquiera planeabas hacerlo...!

—¡Me hubieras visto igual de horrorizado si te lo hubiera dicho!

—¡Lo vi todo y aun así te amé! ¡Y aun así no eres real, todo acerca de ti es una maldita mentira!

El cuaderno con la investigación cayó al suelo cuando Gaspar lo soltó y se dispuso a salir de ahí, lleno de exasperación. Destan lo siguió a través del corredor, tratando de encontrar las palabras adecuadas para detener la pesadilla que había devorado toda su felicidad.

—¡Soy exactamente todo lo que has visto!

—¡Estás muerto, Destan!

—¡Yo no me siento muerto! —trató de explicar—. Gaspar, no creo que nadie pueda sentirse más vivo de lo que yo me siento...

—Sigues siendo un mentiroso.

Lo era.

Gaspar recogía apresuradamente sus cosas, su gata maulló molesta cuando abruptamente la alejó del sillón de la sala de estar y Destan solo podía pensar que, en efecto, todo en él era una mentira. Era un excelente mentiroso.

Comía el pan que le asqueaba por mantener apariencias, pasaba horas despierto solo para observar el techo de su habitación pensando en qué haría al quedarse solo, lo fácil que sería dejar que el mundo lo consumiera y en otros casos fingía dormir para que Gaspar nunca se diera cuenta. Era mentiroso. No sabía quién era y trataba de vivir la vida de un heredero despreocupado cuando solo era un pequeño e insignificante monstruo que se enamoró y amó como solo los humanos pueden.

¿A quién buscaba engañar de todas formas? Él era el único idiota parado en la sala de estar frente al más dulce de todos los chicos sin saber cómo explicarle todo. ¿Qué podría explicar de todas formas? Era patético.

Gaspar se detuvo frente a la puerta del piso, con la mano en la perilla. Miró a Destan una última vez, mostrando sus mejillas enrojecidas y la desilusión en su mirada. Le acusaba de traición, teniendo toda la razón.

—Destan no es tu nombre, ¿verdad?

Al menos tenía una certeza, una única verdad.

—Es el nombre que mi padre me dio.

Gaspar entendió lo que significaban las palabras de Destan, pues asintió.

—¿Me he metido en problemas aquí también?

No pudo evitar sentirse dolido por la pregunta de Gaspar. Se obligó a no culpar al joven, estaba asustado y en su derecho de estar molesto. Destan era un mentiroso, eso era todo lo que Gaspar podía ver ahora; una mentira.

Bueno, al menos no lo veía como un monstruo, ¿no es así?

Oh, cierto, Gaspar ahora podía ver la verdad. Lo recordó al pensar en él asustado, acercándose a su habitación abrazado de ese estúpido cuaderno y la forma en la que retrocedió cuando Destan trató de acercarse.

Gaspar veía a través de las mentiras, veía al monstruo.

—Claro que no, Gaspar. Solo tú sabes por qué estás aquí y solo tú sabes por qué sigues aquí.

—¿Entonces no pasará nada si salgo ahora mismo de aquí?

—No eres un prisionero, Gaspar.

—Pero sé lo que eres.

Sintió sus mejillas húmedas. Estaba llorando. Podía llorar, lo había olvidado por completo, aunque unas noches atrás había estado llorando por cosas que ya ni siquiera podía recordar. Claro que podía llorar. Era otro de los síntomas de su estúpido complejo de humano. Se talló rápidamente los ojos, odiando la idea de ser así de patético.

—Sigues sin ser un prisionero.

—¿Y si salgo y le cuento a todos?

—Sigues sin ser un prisionero, Gaspar.

Se observaron el uno al otro en silencio, ninguno de los dos fue capaz de mencionar nada o de acercarse al otro. Destan temía que Gaspar saliera huyendo aterrado en cualquier momento. No quería que huyera.

—No me abandones, Gaspar —pidió, con la poca fuerza para hablar que le quedaba—, por favor.

De verdad lo había intentado.

Había tratado de vivir con la mejor calidad humana, bajo los principios del doctor Phoenix, convencido de que era capaz de ser uno de ellos. Sentía todo lo que un humano debería sentir, mucho más. Sentía tanto que sabía que, si Gaspar atravesaba esa puerta en ese momento, todo lo que sentía se le vendría encima, porque el ser humano había resultado ser emocional e intenso. Él lo era.

No era un monstruo, ¿verdad?

Si no lo era, entonces Gaspar podía quedarse.

—No eres un monstruo —le contestó Gaspar, como si conociera todos sus demonios internos—, pero lo cierto es que no sé quién eres, Destan.

Entonces, con una mochila llena de sus pocas pertenencias y su gata, Gaspar abandonó el piso que compartían, abandonando a Destan.

La esperanza destroza el alma

Quería pasar una vida con Gaspar, una vida mortal a su lado habría sido maravillosa, pero al final, el universo sí estaba conspirando en su contra y había decidido escupirle a la cara.

Había querido no estar tan deprimido como para no ir a la universidad, al final sus calificaciones fueron apenas aprobatorias y le esperaba un largo mes de vacaciones para esperar, para ocupar su tiempo en algo más allá de su rutina que de pronto era fatigante porque era incapaz de dejar de esperar por alguien que no iba a volver.

¿Qué estaba escrito en una vida convencional, de todas formas? Su vida estaba destinada a ser como la del doctor Phoenix: solitaria. No estaba seguro de que pudiera tener algo más allá de eso o que él pudiera resistir una vida solo, sin Gaspar.

Escribió sobre ello.

Quemó cada palabra que brotó de su malherido corazón.

El doctor preguntó por Gaspar dentro de sus delirios, Destan le prometió que volvería sabiendo que estaba mintiendo porque no sabía cómo explicar lo destrozado que se sentía esperando por alguien que simplemente no volvería.

En una ocasión mientras le llevaba la cena encontró al doctor con un breve momento de lucidez.

—Estás triste, ¿qué está sucediendo? —preguntó y Destan pasó toda la noche llorando en el regazo del doctor que no hizo más que abrazarlo y acariciar su cabello.

De pronto se encontraba llorando mucho, escondiéndose durante los días en los que podía darse cuenta de la pérdida de lucidez por parte de su padre para no tener que dar explicaciones innecesarias, aunque nunca dio una explicación concreta, pero en sus días lúcidos el doctor continuaba siendo un auténtico genio y no había demorado en descifrar lo que sucedió.

—La vida consta de unos pocos momentos en los que coincides con las personas, hijo —le explicó con voz suave y cuidadosa—. Nadie permanece eternamente; Gaspar podrá ser tu primer amor, pero no será el último.

Sin embargo, Destan no quería amar a nadie más, no si dolía así.

No si continuaba esperando tan constantemente, dejando que la esperanza destrozara su alma tan lenta y dolorosamente como si estuviera atrapado en un hoyo del cuál no podía salir y honestamente, no quería salir. Tenía esperanza de alguien tocando su puerta y ese alguien resultará ser Gaspar, aun cuando una parte de sí mismo supiera que nada volvería a ser igual incluso si volviera.

Obsesionado con la mermelada

¿Cuándo es un buen momento para aceptar que alguien no volverá?

Esperanza. Ser humano también significaba depositar algo de fe en algo o alguien con la promesa de vencer la amargura. Destan jamás se había sentido tan amargamente humano hasta que depositó su fe en el anhelo ciego de ver volver a Gaspar. Maldita esperanza, dolorosamente le demostraba que las hipótesis del doctor Phoenix eran acertadas; era humano.

La humanidad jamás había sido tan dolorosa.

Lo sentía todo en todas partes. Sentía el débil pulso de su corazón, el estómago revuelto y el frío en sus mejillas. Extrañar a Gaspar se convirtió en un constante hormigueo en las puntas de los dedos y largas horas en la madrugada sin poder ver más allá del recuerdo de la tarde en la que Gaspar se marchó y lo abandonó.

La esperanza era agridulce, ensordecedora y con un sabor amargo.

Pronto comenzó a esperar por una muerte ejercida por el pueblo. El pueblo había dejado a la panadería consumirse solo porque Gaspar era homosexual, ¿qué no le harían a él? Era un monstruo mentiroso con sentimientos humanos que amaba desenfrenadamente a un muchacho que estaba destinado a condenarlo.

Un muchacho que esperaba que volviera o que finalmente fuera su ruina. Esperaba que el universo por una vez se pusiera de su lado y el doctor Phoenix no fuera capaz de sentir su ausencia cuando el pueblo se dispusiera a quemarlo en una hoguera.

Los días transcurrieron sin noticias de Gaspar. Destan no se atrevía a salir de casa y buscarlo. Si lo imaginaba, podía ver el terror en su mirada al ser acosado por el vampiro mentiroso con complejo de humano que se había enamorado perdidamente de él. Si Gaspar volvía, tenía que ser su elección.

Así como había sido su elección marcharse y abandonarlo.

La esperanza era traicionera. Comenzó a perderla rápidamente. Él no iba a volver. Los días transcurrían rápidos y vacíos. Dolían.

Se resignó a esperar por la verdad. Uno de esos días tendría que aparecer, aguardando por él detrás de la puerta, ¿no es así? Podría ser el pueblo furioso con el monstruo o Gaspar. Solo tendría una verdad y eso era todo lo que necesitaba. Sería un consuelo con el doctor Phoenix perdiendo la cordura cada día, por no hablar de los recuerdos que Destan no sabía cómo contar.

El alivio tocó a su puerta de la mano de la esperanza en un día lluvioso. Al escuchar la llamada en la puerta, juntó el poco valor que tenía para recibir a Gaspar. Luego sintió rabia. Gaspar estaba empapado, tenía un ojo morado y tenía un labio roto. El cuerpo de Gaspar contra él, aferrándose con todas sus fuerzas apaciguaron toda emoción.

No comprendía lo que sucedía.

—Pensé que moriría.

Su voz salió como un débil susurro, casi rota. La sorpresa era auténtica. No murió, no estaba muriendo.

—No puedes morir —susurró Gaspar, todavía aferrándose.

—El pueblo podría haberse encargado de eso si... si tú les decías —las palabras ardieron al brotar de sus labios—. No lo sé, creo que podría volverme una rata de laboratorio esta vez.

—¿Qué no ya lo eras?

—Creo que el doctor siempre fue menos frío al respecto.

Gaspar soltó una muy pequeña risita, reflejando su debilidad.

—No le haría eso a alguien que amo —los susurros se convirtieron en sollozos—. No sabía cómo volver. Pisé el asfalto y comprendí que no estaba aterrado, quería regresar, me sentía seguro aquí. Mi irracional orgullo no me permitió regresar y terminé por arruinarlo todo.

—Estabas en tu derecho a no volver...

—Pero quería hacerlo —replicó Gaspar—. Regresé como un idiota a ese estúpido lugar, dónde ya todo ha sido consumido...

El silencio de Gaspar se prolongó, Destan sintió pánico. Se apartó ligeramente de él, para darse cuenta con tristeza de que Gaspar no era capaz de mantener la mirada. Estaba destruido, el mundo había decidido atropellarlo, incluso después de arrebatarle todo lo que más amaba.

—¿Qué fue lo que sucedió, Gaspar?

—Ya no soy bienvenido en esta ciudad.

¿No lo era? Gaspar era el alma de esa ciudad. Podía recordar las carcajadas de las señoras mayores al ir a comprar a la panadería, los halagos y lo mucho que les entusiasmaba la amabilidad de Gaspar, los niños entraban confiados, sabiendo que era un entorno seguro y el joven dueño no haría más que ser amable. Algunos ancianos tendían a pasar solo a platicar.

¿Ahora lo echaban?

Aquella ciudad no sería nada sin él.

—¿Quién lo dice? ¿Quién hizo esto? —preguntó tomando el rostro del muchacho entre sus manos con suavidad—. Ellos no son nadie. No tienen ningún poder aquí, Gaspar.

—¿Qué hago entonces? —preguntó desganado—. ¿Debería quedarme encerrado aquí hasta el último de mis días, con miedo de salir a la calle porque cualquier día, alguien podría considerar la posibilidad de hacer conmigo lo mismo que hicieron con mi panadería?

—Encontraremos una solución...

—La solución es irme —le interrumpió.

La conmoción fue ensordecedora.

Sus vidas enteras estaban ahí. No. La vida entera de Destan lo estaba; la vida de Gaspar había volado siendo un montón de cenizas.

Gaspar tomó su mano con delicadeza y le miró suplicante.

—Vámonos juntos de aquí, Destan.

—Yo no puedo hacer eso —respondió sin pensarlo.

El doctor Phoenix le diría que se fuera. Velaba por su felicidad todo el tiempo, pero Destan no podía marcharse así y dejarlo solo, esperando la muerte. El tiempo a su lado se estaba agotando, no podía desperdiciarlo. El doctor no esperaría por su regreso y no soportaría el retorno.

Ahí estaba de nuevo, el querer todo aun sabiendo que ninguno de sus anhelos podrían coexistir en conjunto. Gaspar se iría con o sin él y Destan no podía dejar al doctor. Jamás lo haría.

—Destan, por favor...

—Es que no puedo, Gaspar —le interrumpió—. Él es todo lo que siempre he tenido, yo soy lo único que ha tenido en su vida durante ocho años. No me pidas que lo abandone, no me pidas esto...

—¿Me estás diciendo que no irás conmigo?

—Te estoy suplicando que me esperes.

—Yo no tengo una eternidad por delante —Gaspar lo soltó, llevándose las manos a los ojos para tallarse la cara—. Por favor, Destan, no quiero que seas solo un recuerdo. Necesito que seas más que eso.

—No quiero ser un recuerdo, Gaspar. Quiero mucho más que eso —dijo mientras las lágrimas nublaban su campo de visión—. Quiero más, pero no existe nada más.

Gaspar dio una profunda bocanada de aire, meditando sus próximas palabras. Destan de nuevo se había quedado sin saber cómo explicarse.

—Una vez conocí a un señor que estaba obsesionado con la mermelada —dijo Gaspar de repente—; lo conocí, lo recuerdo, no es la forma en la que te conozco, ni la forma en la que quiero recordarte.

Destan sonrió con tristeza.

—Supongo que seré Destan, un vampiro que se enamoró perdidamente de ti en tu ciudad natal.

A Gaspar no le pareció gracioso, al propio Destan se le hizo un comentario de muy mal gusto. Lo miró devastado y negó repetidamente. Le dolía saber que nada volvería a ser igual, pero le dolería más irse, abandonando al doctor Phoenix, el hombre que le había salvado y que le había amado durante ocho años. A su padre.

Era un egoísta. Podía darse cuenta. Ambas cosas iban a doler por una eternidad entera, solo una dolería un poco menos. Lo viera por donde lo viera, estaba destinado a perder a Gaspar, ¿no es así?

—Tienes la eternidad por delante y aun así...
—Gaspar se apartó, la distancia fue gélida y devastadora—. Aun así, no quieres pasar una vida a mi lado. Ni con la eternidad por delante.

—La quiero, Gaspar. Quiero tener esa vida a tu lado —le confesó, lamentando cada palabra—. No puedo tenerla y eso es muy injusto. Sabes que nunca podré recuperar a mi padre si me voy.

Por segunda vez, se preparó para observar partir a Gaspar esa noche, con la absoluta certeza de que jamás volvería, sabiendo que podría sobrevivir. Aún guardaba el corazón de Destan en su bolsillo. Destan no podía estar más muerto de lo que estaba. Aún tenía que esperar; esperar que su anciano y dulce cuidador lo abandonara también, esta vez sin ser su propia elección. Sin embargo, en el momento en el que Gaspar abrió la puerta para partir, decidió cerrar la puerta y regresar a los brazos de Destan.

Eligió quedarse con él.

Si te quedas a mi lado

—¿Entonces no puedes recordar nada? —preguntó Gaspar casi cediendo al sueño mientras Destan les ponía etiquetas a los cuadernos de la universidad para el próximo semestre.

—Solo lo más importante —contestó Destan, observando por un segundo a Gaspar cerrar los ojos en la cama.

—¿Y eso es...?

—Tú.

Gaspar se quedó dormido con una sonrisa plasmada en el rostro que lentamente se desdibujó e hizo que Destan de pronto se sintiera inspirado a escribir una carta, potenciado por el alivio que sintió en el momento en el que Gaspar decidió quedarse a su lado.

"*Si te quedas a mi lado habrá días malos, terribles, espantosos. Días en los que me odies más que a nadie por incitar a tu estadía, días en los que odies esta ciudad maldita y la impaciencia de partir será una tortura para los dos porque sé que me gritarás y yo lo permitiré si te hace sentir mejor.*

Sin embargo, si te quedas a mi lado, habrá días llenos de luz y la esperanza renacerá porque saldremos de aquí juntos a donde tu más quieras. Si te quedas a mi lado, todo lo mío será tuyo, mi cocina se llenará de tus necesidades, tu música inundará la casa y las risas nunca faltarán.

Si te quedas a mi lado bailaremos improvisadamente en la cocina, nos pelearemos con harina y arreglaremos nuestros desacuerdos con largas pláticas nocturnas, veremos las estrellas desde la terraza, creceremos junto a Nicole y permaneceremos resguardados de toda la crueldad que ambos sabemos que existe en este mundo.

Si te quedas a mi lado me harás infinitamente feliz y prometo hacer lo mismo por ti, haré y seré lo que tú quieras que haga y sea. Te amaré hasta el último de mis días, serás mi eterna musa y te colmaré de regalos, sean pequeños como un poema o enormes como un nuevo recetario adjunto a instrumentos de cocina recientes. Si te quedas a mi lado, nuestro hogar estará completo, tendremos un mundo libre de preocupaciones y yo te protegeré porque vivo y respiro para ti.

Prometo hacer lo mejor para los dos si te quedas a mi lado.
Con amor, Destan. Tú Destan"

Dejó la carta doblada en la mano de Gaspar antes de abandonar la habitación para dejarlo dormir sin hacer ningún alboroto. Sabía que las cosas estarían cambiando constantemente ahora que la verdad había salido a la luz; al igual que sabía que las palabras del doctor Phoenix vibraban en su cabeza al pensar que tal vez solo estaba tratando que Gaspar se quedara a su lado porque deseaba tener más que un momento de coincidencia entre los dos.

Cumpleaños feliz

—En realidad nunca me gustó demasiado recordar mi edad —dijo el doctor en el momento en el que Destan le preguntó porque nunca había mencionado su cumpleaños.

Todo derivó con Gaspar preparando un pastel de cumpleaños para sí mismo, mencionando que estaba cumpliendo veinticuatro años y luego preguntando a Destan cuantos años se suponía que tenía en realidad.

—No lo sé —dijo con toda honestidad—. El doctor dice que morí a principios de mis veintes o tal vez justo en ello.

No se molestó en preguntar nada más pues el tema estaba previamente hablado, Gaspar sabía que Destan no recordaba nada sobre su otra vida y había pasado ocho años con el doctor sin tener la noción de que habían sido ocho años.

Luego se habló de los cumpleaños en general:

—Yo personalmente nunca tuve una fiesta de cumpleaños, no tenía los amigos suficientes para poder hacer una fiesta —dijo Gaspar con una pequeña risita—, eso sí, el tradicional pastel de *selva negra* nunca faltó y dado que fue una tradición que estableció mi madre, yo la replico, me ayuda a sentirme más cerca de ella.

Destan ni siquiera tuvo que llegar a lamentarse por no tener una experiencia así pues días más tarde, durante los primeros días de febrero, se encontró regresando a casa después de su trámite de inscripción al semestre de primavera en la universidad; le recibieron Nicole, Rogelio, Gaspar, el doctor Phoenix y un pastel rojo decorado con betún blanco y algunas flores primaverales.

—¡Feliz cumpleaños! —gritaron todos, era la primera vez en su vida que Destan esuchaba esas palabras dirigiéndose a él.

Los primeros minutos se encontró desorientado, recibiendo libros clásicos de segunda mano por parte de Nicole y su padre y un celular por parte de Gaspar y el doctor Phoenix. En cuanto tuvo la oportunidad de apartarse de los abrazos y los agradecimientos, se aproximó hasta Gaspar para ayudarle a bajar los platos para el pastel.

—No sabía que en los cumpleaños se daban regalos —le dijo apresuradamente—. Te habría dado algo...

—Tú existes y ya me das todo —sonrió Gaspar dulcemente, depositando un muy discreto beso en los labios de Destan que nadie más habría podido llegar a ver—. Además de las cartas, por supuesto. Son muy dulces. Pero bueno, tu pastel, por cierto, es un Red Velvet, cuya receta añadí al recetario que el doctor guardaba en el cajón de la cocina, adjunto a un manual sobre como generar el equilibrio de vitaminas y proteínas en el que el doctor trabajó para que todos pudiéramos comerlo y disfrutarlo, incluyéndote.

Se sorprendió ante dicha colaboración, pero la declaración de Gaspar le hizo sentir más animado durante el resto de la celebración de cumpleaños que estaba llena de promesas, iniciando con hermosas tradiciones como un pastel y unas cuantas sorpresas.

Le cantaron *las mañanitas* y él sopló las velas del pastel, negándose por completo a darle una mordida al ver que Nicole tenía una extraña emoción por empujarlo al pastel en ese momento y no quería arruinarlo estrellándose contra él.

—¿Cuántos años cumples, Destan? —preguntó Nicole con una pequeña risita entusiasta—. ¿Qué número de cumpleaños quieres que sea?

Observó a Gaspar y el doctor, ambos parecían muy poco interesados en un número dado que para ellos ya era de alguna manera un adulto, pero él seguía sintiéndose como un niño; alguna vez se lo dijo a Gaspar, jamás volvería a ser un niño y dado que tenía mucho tiempo por delante, quería que el número fuera acorde a él.

—Veinte —dijo él, a lo que Nicole se hundió de hombros como si comprendiera lo que aquel número significaba para él.

—Me parece un buen número —dijo la niña.

—Veamos qué nos espera antes de que cumplas veintiuno —dijo Gaspar.

No sabía por qué, pero eso le sonaba a una promesa.

El comienzo del odio

Cuando Gaspar eligió quedarse a su lado, Destan sabía que habría días buenos y días terribles. La mayoría habían sido buenos hasta que Gaspar dejó de dormir y comer bien, a los ojos del doctor Phoenix era un cuadro depresivo y Destan temía por él, ya que no importaba cuántas cartas le escribiera, cuántos utensilios de cocina comprara o cualquier otra cosa, todo lo que hacía feliz a Gaspar de pronto se había vuelto obsoleto.

Como si de pronto todo fueran niñerías y Gaspar fuera un adulto a quien las simplezas de su vida anterior simplemente no podían hacerlo feliz. Destan solía ser una de esas simplezas, por lo que ya no sabía ni siquiera cómo acercarse a Gaspar, lo que lo hacía sentir constantemente desesperanzado, sintiendo que había perdido a Gaspar completamente, aunque lo tuviera ahí, justo frente a él.

Una parte de sí mismo pensó que tal vez podían confinarse juntos al departamento hasta tener la oportunidad de vivir otra vida en otro lugar, pero ante la pequeña sugerencia, el doctor entró en negación de inmediato.

—Ambos tienen una vida y sucede ahora —declaró él con seriedad haciendo que Destan se lamentara por no haber aprovechado algún momento de delirio del doctor Phoenix—. No comenzarás a ir a la universidad hasta que yo me muera.

Había tenido un excelente punto en todo caso, pero para Gaspar parecía algo muy diferente a la vida que antes había llevado e incluso diferente al duelo que había vivido cuando su panadería fue reducida a cenizas.

Una semana después de comenzar el semestre de primavera, la universidad organizó un evento de apertura al cuál pidió asistir y, como era de esperarse, se le dio permiso, pero cuando le preguntó a Gaspar si quería acompañarlo, se negó de inmediato diciendo que él no tenía nada que hacer en una fiesta universitaria dado que él no era un mocoso universitario. Destan se alejó tratando de ocultar su aflicción debido a que lo sabía: no todos los días serían buenos, no todos los días serían malos.

Pasó toda la tarde con Karla, su compañera de la escuela, como era usual.

Para cuando llegó a casa se encontró con el terrible contraste: mientras él iba a una fiesta universitaria, contaba chismes y bebía refresco, Gaspar se resguardaba solitariamente en el departamento, sentado en la oscuridad con una copa de vino llena y una botella vacía aguardando en el bote de basura. Nuevamente se sentía como un niño siendo desaprobado por un adulto.

No podía reconocerlo en absoluto.

—¿Te divertiste? —preguntó Gaspar sin sonar realmente ebrio.

—Lo hice —contestó Destan sintiéndose un tanto avergonzado—. Aunque hubiera sido mejor si hubiera estado contigo.

—Ya te lo he dicho —dijo Gaspar sin darle mayor importancia—, yo no tengo nada que hacer en una fiesta universitaria, no soy un mocoso universitario.

—Yo tampoco soy un mocoso.

—Sabes lo que quise decir.

—No, en realidad no —confesó Destan, añorando no sentir la distancia entre ellos como la sentía en esos momentos—. No te comprendo últimamente.

—No hay mucho que comprender —dijo Gaspar a secas—. Lo lamento, sabes que incluso si estuviéramos en la misma posición, que no lo estamos, no podríamos asistir juntos. Te lo he dicho: el mundo es...

—Cruel —le interrumpió Destan, perdiendo el control de todas sus emociones y palabras—. ¿Entonces qué? ¿Tú y yo nos reducimos a esto? ¿A un amor en confinamiento? No soy tu maldito secretito, Gaspar.

—Nunca dije que lo fueras —contestó Gaspar, aunque las palabras parecían no pesarle tanto como a Destan le pesaban—. Solo soy cuidadoso, alguien aquí tiene que serlo y dado que no vas a ser tú...

—Soy cuidadoso, simplemente no comprendo de qué te quieres cuidar...

—¿Por qué insistes en comportarte como un niño?

—¡Te lo he dicho, es lo que soy!

—Pues comienzo a odiar que lo seas —declaró Gaspar, por primera vez mostrando aflicción ante sus propias palabras—. No creces y lo odio, perdóname por decirlo, pero es la verdad. Me siento como si amara a alguien perdido en el tiempo.

—¿Así te sientes? —preguntó Destan sintiendo como sus ojos se llenaban de lágrimas—. Porque yo me siento continuamente como si tu futuro estuviera a la vuelta de la esquina y yo no estuviera en él, incluso cuando tú eres quien se perdió en el tiempo, tratando de comportarte como un adulto que no eres.

—Soy un adulto.

—Eres un imbécil —dijo Destan sin poder frenar sus palabras y su ira—. Pudiste haberme acompañado a un evento escolar, tomar mi maldita mano y dejar de esconderte como si alguien estuviera dispuesto a encarcelarte a la primera oportunidad, pero te quedaste aquí a embriagarte como si fueras un maldito prisionero, ¡qué maduro eres, Gaspar! Menos mal que tenemos un adulto aquí —dijo con sarcasmo y se retiró a su habitación.

Ni siquiera le importó que Gaspar fuera a tener que dormir en el sillón debido a su pequeña rabieta de encerrarse en su habitación. No había considerado que los días malos también estaban aguardando por él, que, así como Gaspar podía sacar lo mejor de él, también podía sacar lo peor. No había considerado que ambos ya estaban condenados a desconocerse así.

Cuando el monstruo sale a jugar

Las interacciones con Gaspar habían resultado tensas durante las últimas semanas y Destan estaba lejos de comprender cómo corregirlo después de todo lo que se habían dicho en su ataque de enojo. Intentando darle la contra a Destan sobre todo lo que había dicho, habían comenzado a ir juntos al mercado de nuevo y de pronto estaba interesado en conseguir un trabajo, aunque a Destan y al doctor Phoenix no les interesaba continuar apoyando a Gaspar.

No se tomaban la mano, casi parecía que iban separados dado que cada uno se ocupaba de comprar lo que quería o recordaba que la casa necesitaba, pero no se dirigían la palabra ni para ponerse de acuerdo. Destan no sabía cuánto tiempo soportaría la dinámica.

—Pensé que habías aprendido la lección la última vez —escuchó una voz grave haciéndose presente en el conjunto de locales que Destan y Gaspar visitaban.

Tardó un segundo en darse cuenta de que se trataba de un hombre en sus cuarentas dirigiéndose específicamente a Gaspar que rápidamente quiso salir corriendo de ahí, pero el hombre no se lo permitió, sujetando su brazo y soltando pestes en las que insinuaba haber sido él quien había incendiado la panadería, quien lo había golpeado semanas después y en el lapso en el que Gaspar se había ido.

Destan finalmente conectó todos los puntos y se desconoció por completo cuando se abalanzó sobre aquel hombre y le tiró puñetazo tras puñetazo a la cara hasta que pudo ver su sangre mezclada con la de aquel sujeto. De pronto sintió las manos de Gaspar en su cadera, suplicando que ambos salieran de ahí y sintió ganas de vomitar.

Siempre pensó que al ver cantidades grandes de sangre el monstruo dentro de él se descontrolaría, pero solo sentía asco y ganas de vomitar, además de aquella rabia que jamás, en toda su vida, había sentido y misma que le había permitido al monstruo jugar en su contra.

Solo en ese momento Gaspar se permitió tomar la mano de Destan para arrastrarlo fuera del mercado hasta su hogar, donde el doctor Phoenix los recibió. La calma del anciano rápidamente pasó al pánico, compartiendo la sensación con Destan, que todavía se encontraba conmocionado por lo que acababa de suceder.

—Soy un monstruo —dijo Destan mientras Gaspar corría por un botiquín de primeros auxilios. No sabía que él no lo necesitaba porque no era humano y la sangre en sus manos apenas y era suya. El doctor se acercó lentamente a él, tratando de no aturdirlo, sostuvo sus manos sin importar que también se mancharan con sangre y le sonrió con calma.

—Dime que sucedió, hijo.

—El responsable de todo apareció —dijo en un sollozo—, no sé qué sucedió, tal vez se acercó demasiado a Gaspar, sus palabras no me gustaron nada y entonces perdí el control, papá —continuó sollozando—. Asumo que le rompí la nariz, pero soy un monstruo, siento tanto asco...

—No eres un monstruo —declaró el anciano, acariciando el rostro de Destan con suavidad—. Los monstruos no tienen colmillos; si hubieras estado tú en lugar de Gaspar, no me habría importado no tener colmillos, no me habría detenido. Los verdaderos monstruos no tenemos límites, tú los tienes.

Antes de que Destan pudiera replicar más, el doctor lo atrajo hacía sí y lo abrazó con fuerza mientras el muchacho sollozaba al sentirse más destruido emocionalmente que nunca, tratando de no ceder ante esa parte de su cabeza que le recordaba que solo era un monstruo con complejo de humano mientras se convencía de que era lo suficientemente humano, totalmente en vano.

En lo que nos convertí

Los sollozos de Destan fueron desgarradores. Al final el conflicto que había pertenecido únicamente a Gaspar, se había convertido en el conflicto de ambos porque Gaspar lo había arrastrado a ello, cumpliendo las palabras con las que su tía lo había condenado tanto tiempo atrás, siendo él, él chico de los romances malditos. Nada nunca le había salido bien, ¿cómo es que creyó que podía quedar exento su romance con Destan?

Llevaba tiempo arrastrándolo a su desastre, llevaban mucho tiempo sin siquiera entenderse porque en su afán de querer tenerlo a salvo había terminado por herirlo de un montón de maneras que no podía comenzar siquiera a imaginar.

Hizo sus maletas, empacando montones de cartas y pedazos del corazón de Destan que egoístamente quería retener a su lado a donde fuera que tenía que ir. Destan se paró en el umbral de la habitación mientras Gaspar guardaba sus pocas pertenencias en la misma pequeña mochila vieja con la que había regresado.

Destan caminó hasta el closet de la habitación y sacó una pequeña maleta del fondo, al igual que algunas prendas de las varias que antes habían estado compartiendo. Gaspar le miraba sin comprender, ni siquiera había pensado en lo que le diría ahora que finalmente estaba haciendo lo que sabía que debió hacer después de darse cuenta de que no era bienvenido en la ciudad.

—Iré a casa de mi tía —dijo Gaspar entre tartamudeos.

—Está bien —dijo Destan con la voz ligeramente quebrada.

—Lo siento muchísimo —comenzó a decir él sin poderle mantener la mirada a Destan—. No quería que jamás llegarás a verte como un monstruo, no puedo vivir siendo tu tormento ni puedes vivir sintiendo que me retienes, eso no es... nada de esto es justo. Tienes razón, nunca serás joven y temo que a mi lado pierdas toda la inocencia en un punto sin retorno y...

—No trates de culparme a mí —dijo Destan negando lentamente con la cabeza—. Si te vas es tu elección y estás solo en ello.

Destan cerró la maleta de repente, resumiendo los veintitrés años de vida de Gaspar ahí, lo que había quedado al menos.

—Tienes que entender que... odio en lo que nos he convertido y...

—Lo entiendo —dijo Destan con la voz todavía ligeramente rota—. Sobre todo, lo acepto; dame la respuesta que quieras, yo acepto que quieras salir corriendo, solo no me culpes a mí por qué no podría vivir con eso.

—No fue tu culpa.

—En algún momento me convenceré de ello, sí.

Esa noche, sin haberlo esperado, Gaspar se marchó para no volver.

El primero en mis recuerdos

Tardó menos de una hora en comprender lo que significaba la partida de Gaspar y entonces recordó que todavía no había memorizado sus abrazos, que todavía necesitaba resguardar su imagen por toda una eternidad y ni siquiera se había permitido observarlo durante aquella tensa e incómoda conversación antes de verlo partir.

Siguió como mejor pudo a su sentido común y se preparó para correr y correr hasta llegar a la estación de trenes que se localizaba a media hora del edificio. Una parte de sí mismo ya ni siquiera suplicaba al universo que Gaspar cambiará de opinión, solo quería tener la oportunidad de despedirse de él, de todo su amor, de cada momento que compartieron.

No podían ser solo un triste recuerdo, necesitaba llegar a él y despedirse.

Corrió tanto como sus pies se lo permitieron, todo para encontrar a Gaspar sentado en una sala de espera con su boleto en mano y una mirada perdida y desorientada posada en el rostro. Destan lamentó cada momento que lo llevó a convertirse en un muchacho angustiado y poco sonriente cuando en realidad había sido un muchacho radiante y de espectaculares sonrisas.

—No puedes irte sin que te diga que, a pesar de todo, te amo —dijo Destan colocándose frente a Gaspar—. No puedo pedirte una eternidad en la espera de algo mejor, pero quisiera que sepas que todo lo que tengo siempre será tuyo.

De pronto sus ojos se llenaron de lágrimas y su corazón le traicionó, pues de pronto se quería poner de rodillas y suplicarle que se quedara a su lado, porque sabía que detrás de toda esa angustia todavía existía el muchacho de preciosa sonrisa del cuál se había enamorado en primer lugar.

Decidió ponerse de rodillas en todo caso, tomó sus manos y se obligó a mirar a los ojos de Gaspar con esperanza.

—Sé que hemos tenido muchos desacuerdos últimamente y que el universo no ha sido particularmente amable contigo, yo tampoco he sido del todo comprensivo, pero te lo dije una vez, ¿lo recuerdas? Habrá días buenos y habrá días terribles; tú hiciste de mis días una auténtica maravilla.

—Te llamé mocoso... —dijo Gaspar con la voz rota.

—Yo te llamé un imbécil cuando el imbécil soy yo —dijo Destan con una pequeña risita, aunque más lágrimas resbalaron por su rostro al decirlo—. De todo lo que dije, eso fue lo único que lamento en realidad. Tu mundo fue cruel contigo y en vez de ofrecerte un auténtico espacio en el mío, te permití cerrarte y convertirte en un prisionero de tu propia mente y ahora vas en camino a vivir en la casa que ocupa todas tus pesadillas, ¿es esto lo que quieres?

—No es que tenga otras opciones...

—Tienes la opción de quedarte a mi lado y vivir una vida conmigo, una vida real —dijo Destan decididamente—. Sé parte de mi mundo. Podemos ir juntos a la universidad, reconstruir la panadería...

—¿Y si la vuelven a quemar?

—Le romperé la naríz al sujeto ese de nuevo.

—No puedo permitirme la universidad...

—Hablaré con el doctor Phoenix si es lo que quieres.

—No me parece justo, Destan.

—Entonces venderemos pan a domicilio, si es lo que tú quieres —declaró Destan con convicción, deseando que las palabras fueran suficientes—. No sería sencillo, pero quisiera que tuviéramos la oportunidad de hacer las cosas bien, de volver a ser niños en vez de tener que despedirnos de nuestra infancia y este amor que cambió mi vida para bien. Porque te amo, te amo incluso en los días malos en los que me dices que soy un niño como si eso fuera un insulto.

Una lágrima se resbaló por las mejillas de Gaspar y rápidamente se la limpió.

—No debí decir nada de eso, lo lamento muchísimo.

—Supongo que no será la última vez que nos digamos esa clase de cosas si te quedas a mi lado, ¿no es así?

—Envejeceré —susurró Gaspar, recargando su cabeza en el hombro de Destan.

—Menos mal, el doctor Phoenix es mi conejillo de indias en cuanto a cuidar ancianos se trata.

—Eso es cruel —dijo Gaspar con una pequeña risita.

—Yo fui su conejillo de indias, es un trato justo —dijo Destan en un susurro.

—Tengo miedo, Destan —confesó Gaspar—, tengo miedo de arrastrarte a mi desastre.

—Entonces déjame arrastrarte al mío —pidió Destan—. Vuelve a ser un niño conmigo, vive una vida a mi lado, no seas solo el primer chico en mis recuerdos, permíteme ser el último de los tuyos.

—¿Incluso ahora, cuando soy un desastre?

—Ni siquiera esto es eterno —le recordó Destan—. Permíteme tener más días buenos contigo que solo los malos. Sé que tienes miedo y sé que debemos ser cuidadosos, pero prefiero asumir todos los riesgos contigo, siempre a tu lado, si me lo permites. *Debes permitírmelo* o no podré recordarte para toda la eternidad si no me dejas pasar una vida a tu lado. Quedaré devastado...

—Todavía quiero esa vida a tu lado —susurró Gaspar depositando un beso en sus labios, lento y dulce, sin el habitual miedo a que la gente los viera—, quiero todos los riesgos que conlleve... te amo.

Entonces Gaspar tomó la mano de Destan y juntos salieron de la estación de tren para dirigirse a su hogar, el departamento que juntos convertirían en uno de verdad.

Una vida real

—Dice Constance que el doctor Phoenix en ocasiones se niega a usar la silla de ruedas —comentó Gaspar mientras ponía su mochila para asistir a la escuela.

Destan rio mientras se acomodaba la corbata que le robó al doctor Phoenix mientras él estaba muy ocupado discutiendo con Constance, su enfermera personal. La pobre muchacha se llevaba la mayoría de las rabietas del anciano desde ya hacía un año.

—Me lo imaginaba —confesó Destan entre risitas—. El otro día que Karla fue a comprar pan, la entretuvo media hora diciéndole lo tedioso que era ir y venir con la silla de ruedas, aunque Nicole dijo que todo era una farsa y en realidad el anciano disfruta ir en la silla con la cabeza bien en alto.

El doctor Phoenix era feliz, aunque dijera lo contrario.

En un principio se encontraba renuente a usar una silla de ruedas, pero ante la petición de apoyo por parte de Destan y Gaspar tuvo que acceder a usarla para ir al médico y comenzar a trabajar con sus episodios de demencia. Sin embargo, le gustaba tener una enfermera que le hiciera compañía mientras se hacía cargo de la panadería que lentamente iban renovando mientras Gaspar estaba en la universidad estudiando gastronomía y Destan continuaba con su propia carrera.

No importaba cuanto se quejara con Destan de Nicole yendo de inmediato después de la escuela cada tarde, el doctor Phoenix disfrutaba de ser quien le ayudara con las tareas mientras Destan y Gaspar se ocupaban en la cocina de reabastecer el pan en la panadería.

—La niña es un poco inadaptada, pero bien podría ser una genio —decía el doctor a menudo con gran entusiasmo, luego sonreía en dirección a Destan y añadía—; como mi encantador hijo.

Afortunadamente, las ideas de muerte y abandono se fueron disipando con el tiempo, los únicos malos días del doctor eran cuando Gaspar tenía tanta tarea que no podía hornear una docena extra de besos para él y los días malos de Destan se resumían a los días en los que sus seres más queridos pescaban un resfriado.

En algún momento y con la ayuda de lo intimidantes que podían llegar a ser Destan y el doctor, Gaspar había perdido por completo el miedo a exponer su relación con Destan por la calle, tomando su mano en cada oportunidad que tenía y en ocasiones depositando besos aleatorios sin importar quién le estuviera mirando.

En contraste, Destan había comenzado a tomar terapia por cuenta propia con ayuda del doctor para alejarse de la idea de que él era un monstruo.

En el último año gracias a su medicación y constante tratamiento de apoyo, el doctor encontró algunos nombres, como su nombre de nacimiento, el de sus padres y el de la doctora que lo encontró; había lugares donde acontecieron hechos importantes de su vida pasada y fechas lejanas que en algún punto fueron relevantes.

Aquella otra vida no lo consoló, pero al menos acabó con el vacío que sentía; comprendió que aquel pobre muchacho llevaba muerto muchísimo tiempo, solo existía el muchacho enfermo que el doctor Phoenix crio.

Dentro de su tristeza por la vida pasada que no podía recordar, finalmente lo entendió todo; el doctor Phoenix tuvo un joven hijo con una condición trágica y muchas emociones, necio y un poco cabeza dura. El doctor Phoenix le enseñó lo mejor que pudo a querer y quererse a sí mismo, entonces pudo ver su reflejo y comprender que toda la educación del doctor lo había acercado a la humanidad.

El amor lo hizo humano. El amor de su padre rompió el hechizo del monstruo y lo convirtió en un humano capaz de amar insaciablemente, de lamentar la pérdida e incluso de anhelar. Anhelaba vivir. Estaba viviendo y respirando. Después de todo, aún respiraba, aún lo sentía todo.

Jamás había sido más humano.

Entonces el monstruo en el espejo se convirtió en un muchacho de veintiún años lleno de vida que había ganado muchísimo después de la muerte. La enfermedad no lo convirtió en animal. Jamás lo hizo.

—Constance dijo que sí puede cuidar al doctor por la noche, si aún quieres que te acompañe a la terapia —le recordó Destan a Gaspar, dado que no había querido dejar de asistir a terapia grupal—. Después podemos ir a cenar al centro de la ciudad, si es lo que quieres.

Gaspar sonrió ante la sugerencia de Destan y se acercó a plantarle un suave beso en los labios, lo habitual en su rutina.

—Eso me encantaría.

Lejos de lo que pudo haber pensado que sería, tenían una vida buena, una vida real, llena de alegrías y múltiples altibajos que afortunadamente, enfrentaban como una familia, que era en lo que se habían convertido.

Hasta que Destan comenzó a recordar…

Made in the USA
Monee, IL
05 May 2025